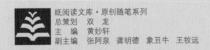纸阅读文库·原创随笔系列

总策划 双 龙

主 编 黄妙轩

副主编 张阿泉 龚明德 象丑牛 王牧远

书香手泽暖

赵倚平 著

内蒙古教育出版社

序：一个在读写道路上五味杂陈的人

■ 徐　雁

在去年的《温州读书报》上，读到过一篇笔名为"五味子"者所写的文章，题为《搞臭"个人主义"的一份记录》，印象颇为深刻。

为文的起因是，二〇一七年春节，作者返回家乡探亲期间，在西安乐游路上的旧书摊，买到了一本叫做《批判个人主义》（中国青年出版社一九五八年版）的旧书。浏览之后，他于当年五月二十一日写成了这篇文章。

读罢这篇文章，令我这个"六〇后"的心中五味杂陈。随即联系上了文章作者，现任深圳市杂文学会副会长的赵倚平先生。我请他在手机上传来了该书的篇目。原来当年被"组织上"选中的那十八位写文章的青年师生，分别来自北京大学、清华大学、中央美术学院及当时的北京政法学院、北京航空学院、北京钢铁学院、北京石油学院、北京矿业学院和华东政法学院等。略一查检后得知，到了一九七八年改革开放以后，其中人物果然少有"专"者，至于在政治上是否真的"红"起来了？那真是"天知道"啦。

好事兴起后，我还琢磨了一番作者的笔名问题。何以赵先生要取这种耐旱性较差，而性喜生长在微酸性土壤中的野生植株为自己的笔名呢？

众所周知，"五味子"作为一种生活在大自然中的木质藤本植物，系木兰科植物五味子或华中五味子，其成熟后被人干燥化的果实，前者习称"北五味子"，后者习称"南五味子"。它们一般野生在青山葱岭的杂木林里或林缘处，也常见于山沟谷地溪流旁的灌木丛中。通过缠绕，借助其他林木的树干让自己获得生长所需的阳光。到秋季果实成熟，然后被采摘干制之后入药，有滋补强健之效。《新修本草》载其品质为"五味皮肉甘酸，核中辛苦，都有咸味"，故有"五味子"之称。

联系到收录在赵先生《漂泊心绪》（中国华侨出版社一九九七年版）、《五味字》（海峡文艺出版社二〇一六年版）及《鲁迅论中国社会改造》（香港公元出版有限公司二〇〇一年版）、《蜘蛛不好吃》（大道出版社二〇一八年版）中的其他文章，我似乎悟到了作者笔名的某种人文涵义。

赵先生出生于二十世纪五〇年代中期，受时政文化的影响，他十分崇信具有"独行猛兽"性格，及"抽刃向更强者"勇气的鲁迅，且遍读了他的各种著作，大有心得和感悟。著名杂文家邵燕祥曾评价道："他注意到鲁迅文章曾遭删、改、抽、禁的'明诛暗杀'，据此提出好文章要有某种'不能发表性'的创见。这是他对鲁迅风杂文之道的'悟道'之言吧。"商子雍也曾赞许说："五味子的杂文，无疑是尊鲁迅为师：以积累学问、关注现实、深入思考为支撑，用巧妙构思、生动文字来表述，不断发出虽微弱却正义的声音。"

因此，出自赵先生笔下的杂文，几乎针砭的都是社会现象、文化生活、历史人事方面的问题，且视角独特，议论风生，文笔犀利，不失鲁迅杂文之风致。而这种笔墨，在自诩"俊杰"者的眼中，难免有"不识时务"之讥，因而以"五味子"自许，实亦自嘲嘲

书香手泽暖

人之良图也。不过，在客观上来说，其观点，其见解，尤其是其批评，对于文化品质上的扶正固本，对于社会机体的滋补强健，无疑是有其精神文明效能的。

作者这一部签名本藏书随笔集，自二〇一八年下半年开笔始写。全书以其历年来所收藏的作家、学人的签名本为线索，不仅讲述了获得签名并予以收藏的过程，而且贵在谈论了对其人其书的阅读和理解，写得深沉，有一定的思想底蕴和人文含量，可谓开卷有益。虽然有的篇章所写的签名藏本，不属于时下所谓的"文化名人"，但同样是有人文趣味的"书故事"。这完全得益于作者真正"以人为本"的精神，以及多年不懈读写而练就的"得乎心，应于手"的文才。

我与作者在社交上，先后有过两回交集。第一回，是在参与二〇一六年十一月"深圳读书月"专项活动之余，应邀参加王绍培《书游记》(海天出版社二〇一六年版)问世的茶叙活动，此属人世间的"邂逅"；第二回，则是在两年之后的"结交"，所谓"以书会友"了。这一回，是赵先生专程赶到深圳坪山新区图书馆，来拿取我带给他的一份"秀才人情"——书市场上已难以购藏的《旧书陈香》(上海辞书出版社二〇一二年版)。我在书的扉页上签题道："旧书不厌百回读，熟读深思子自知。东坡语写赠倚平君。"想不到，在本书中已能够见到他有关该书的读后文字了。

一个在读写道路上如此五味杂陈的人，是担得起"文朋书友"之传统雅称的。序言将结，谨以此语为赵兄新文集壮行。己亥立夏后三日，写于金陵雁斋山居。

（作者系南京大学教授、博士生导师，兼中国阅读学研究会名誉会长）

目　录

001　手泽余温增书色
　　　——邵燕祥先生为我签书

014　"史鉴体"杂文的独特韵味
　　　——牧惠先生的签名本

018　有流沙河的城市，人们是幸福的
　　　——流沙河先生的签名本

022　学习鲁迅，为中国进步尽力
　　　——朱正先生的签名本

033　万卷纵观当具眼
　　　——钟叔河先生的签名本

045　蓝英年先生签书的机缘

049　鲁迅成了我们的共同语言
　　　——林贤治先生的签名书

053　只是谦和雍睦，自然到处皆春
　　　——谢泳先生的赠书

058　沾沾他的光
　　　——杨争光先生的签名书

066　士不可以不弘毅
　　　——辛德勇先生的签名书

072 旧书不厌百回读
　　——徐雁先生的赠书

076 二〇四九年的中国会怎样
　　——温元凯教授签《中国的大趋势：温元
　　　凯谈改革》

081 师长·朋友·榜样
　　——商子雍先生的赠书

085 少不读鲁迅，老不读胡适
　　——韩石山先生的签名书

092 人生一如积木
　　——王祥夫先生的赠书

096 梦断香消四十年
　　——张扬先生题签《第二次握手》

101 与命运和解
　　——孔见先生题签《海南岛传》

107 房向东先生签赠六本鲁迅研究专著

111 颜拙成才女
　　——方英文先生的签名书

116 以书为友，以创作为友
　　——南翔先生的赠书

120 文章真处性情在
　　——李辉先生的签名本

124 贾平凹先生的签名书

128 恩师费宏达先生签赠的小说

134 志同道合，天涯咫尺
　　——介子平先生的赠书

137 青春留痕，秋声回荡

　　——和谷先生的签名书

142 物禁大盛

　　——朱鸿先生的签名书

146 白鹿原头信马行

　　——邢小利先生的签名本

150 从《身体课》《跟踪记》到《大叔西游记》

　　——秦巴子先生的赠书

154 村子是我们的生存之根，创作之背靠点

　　——冯积岐先生的签名书

160 只要心中有，就属于你

　　——张艳茜女士的赠书

165 玉如才德两无瑕

　　——周燕芬教授赠书《燕语集》

171 诗豪无愧是刘郎

　　——刘炜评先生寄赠的书

179 近鲁迅，知中国

　　——赵瑜先生题签的书

183 道在真修，非关质美

　　——许石林先生的赠书

187 翻书小情色，开卷大乾坤

　　——胡洪侠先生的赠书

191 吴亚丁先生精彩状写的《出租之城》

195 谢湘南的深圳时间

200 谁解其中味，一把辛酸泪

　　——袁林先生的赠书

204 情以美抒，思当妙达
　　——庞进先生的签名书

208 刘中国的名山事业
　　——刘中国相赠的历史专著

212 《学碑记》和《书法写我》
　　——史星文先生的赠书

217 不恋来路，只问前程，惟心而已
　　——寇研女士的签名书

222 诗画双璧，美不胜收
　　——李松璋兄签赠《在时间深处相遇》

226 与电影一起私奔
　　——王樽兄的赠书

230 以《海上心情》窥《莘下风光》，等待《山中
　　岁月》
　　——崔建明兄的赠书

234 四十年深圳奔来眼底
　　——姜维勇先生签赠《视野——深圳四十
　　年掠影》

237 一个女孩的心灵史
　　——杨婷女士签赠《聚沫物语》

240 抚书忆友人
　　——曹志前兄的赠书

246 后记

手泽余温增书色

——邵燕祥先生为我签书

一

一九九六年百花文艺出版社出版的当代名家杂文精品文库《邵燕祥杂文自选集》的"内容提要"上说：邵燕祥是著名诗人，也是新时期最具思想力量的杂文家之一。他的杂文反思历史，关涉现实，评说世象，匡正时弊。显示出历史理性批判精神、深刻的辩理与赤诚的激情。这个评论是十分精当的。正因为如此，我凡见邵先生的文章必读，也爱买邵先生的书。

二○一四年十一月，邵先生来深圳出席一个会议，我趁机把手头几本邵先生的书带到现场，匆匆之间，请他签了名。二○一六年十月间，邵先生寄来了他的新著《我死过，我幸存，我作证》。二○一七年六月，我翻检旧书，发现还有几本邵先生的书：《绿灯小集》《迟开的花》《邵燕祥诗抄·打油诗》《找灵魂——邵燕祥私人卷宗：1945—1976》《沉船》。于是修书一封，并几本书一起寄给邵先生，希望他签名。我觉得麻烦先生，却无以为报，便用朱墨抄了一幅小楷《心经》夹在书中。没想到邵先生外出，书信倒是家人代收了，等邵先生回来却遍找不到。我因好久未见回音，用邮箱发一询问，才从邵先生的复信中得知原委。邵先生在复信中说：

倚平兄：您好！

今早接信后，即翻拙诗所说的"新纸堆连旧纸堆"，却未发现来件。我们刚从外地回来，家里是有人收各类快递和邮政信件之属的。但遍找无着。这不是头一回了。

不过，不要紧，您把那五六本书书名告我，我在几年前给老房子刷墙前，把堆在室内书架外"核心地带"的新旧书物暂时存放别处，刷好墙后，无法还原，只得租了一方地下室收藏，其中有一些购赠友人剩下的样书，相信能帮您补齐。

但您的手书心经则不知何往，也许在下一次我大"整顿"时会从某处发现吧。您能安心写心经，必是细致之人，很难想象我这里乱成什么样子。皆因我爱惜字纸，并及一切书报，舍不得随手掷去，如此日积月累，遂成赵树理《罗汉钱》中说的："舍不得，了不得。"现在书物成灾，家无隙地，常遭家人抱怨，而我只能"局部改良"，难以彻底革命，这是我从今往后解脱不掉的心理压力。文人多向往"窗明几净"，有生之年，已不作此想矣。

您还有一份复印稿子在我处，放在"待办"一堆中，看来也办不成。近年杂文"难卖"，王春瑜兄多次组织过套书，最近则不止一次落空（出版社老总答应得好好的，但经发行部门的市场摸底论证后，打了退票）。近他又与山西北岳文艺出版社谈一票"生意"，据说只能做"随笔"，不能打"杂文"的旗号了，杂文其将沦亡乎！您的书稿如有电子版，望发我一份，这样寻出路方便些。

谢谢您发来地址，我这回把它好好记下，因为记忆力也退化得厉害了。

专此，不赘，不到处乞谅。顺祝

夏安！

燕祥

二〇一七年六月二十六日

邵先生的复信，让我意外，又让我欣慰。意外有二，一是书寄去也收了，邵先生竟然没能找到；二是邵先生竟然复了这么长的信。为了确保不是寄丢，我联系了圆通快递的业务员，确认寄到。因此欣慰有三，一是书毕竟没有寄丢；二是邵先生说可以补齐；三是得了邵先生这么长的复信。看到邵先生信中说"书物成灾，家无隙地"，便想起邵先生的《我死过，我幸存，我作证》封面照片，邵先生坐在一堆书籍的包围之中（后来去邵老师家里拜访，看到同样情形）。我便将了解的情况及寄去的书名并我的书稿电子版又发给邵先生。很快接到邵先生两封回信：

倚平：

信悉。不用问圆通，我家快递不断，都是熟悉的快递员，肯定有我家人签收。我是五日外出，十四日晚回京。问题出在我家的乱象，是局外人无从想象的（且不加上我的健忘的因素）。书我周内就找齐（最近不如意事不断，昨晨柳萌去世，周五告别，有一系列事要做）。可惜的却是你用心写的心经，一时竟难找到。这个你先别给我再写了，一是太费你的时间和精力，再就是我目前手头就还积着一些朋友的墨宝，已裱的，待裱的，也都堆在"新纸堆连旧纸堆"里，说来也真对不起朋友们。

要紧的是请你把"待字闺中"的书稿发电子版给我，

好吗?

夏安!

燕祥

倚平兄:

刚才还向您要电子版,原是我没看到您昨晚的来件。

我因双耳全聋,不能接听电话,只能借用老伴谢文秀的手机收发短信,号码为:134 XXXX XXXX。

此告,夏安!

燕祥

因为我七月初要外出并回西安一趟,怕书寄来无人收,就告诉邵先生先不急着寄书,待我回来告诉他后再寄。邵先生回信说:

好,就这样,比较稳妥,一俟七月下旬,你由陕返深,即请及时告知。只要想到 J 的际遇,便不敢稍有懈怠,还是要尽可能发声。

二〇一七年六月二十九日

在我还未回来之前,邵先生因北京太热,要去乡间避暑,走前还没忘这事儿,又给我邮件说:

倚平先生:您好!

此间大热,我们后天(周六)将去远郊乡村一避,那里电邮不便,故今天匆匆奉告,所说给您寄书,须俟八月上旬之后了,请谅。大作电子版已请广西师大出版社一位资深编辑（xx 先生）阅审，他初步翻看后，那天告诉我，也许经过重新编辑可付出版，我理解他的意思，一是篇幅要适当压缩，二是篇目顺序要重排。我想，如果他对您提出这方面的要求（多半是由他们代劳），最好不要拒绝，因他多半不是从政治方面考虑，而是从市场角度着眼。不过他们工作头绪浩繁，可能会拖得较久，好在在出版社那里拖着，似比在自家抽屉里压着，多少有点盼头。不知当否。即此不赘，顺候暑安！

燕祥上

二〇一七年七月十三日

我对邵先生这种认真、负责的精神钦佩不已，五内俱热。回信表示感谢。

八月初，便得邵先生寄来的六本书。是《邵燕祥杂文自选集》《邵燕祥诗选》《乱花浅草》《沉船》《找灵魂——邵燕祥私人卷宗：1945—1976》《我的诗人词典》。虽然我寄去的三本没有，但却多了另外四本。弥足珍贵的是，邵先生除了题名之外，有的书上还写了一些话，如在《我的诗人词典》扉页上，邵先生用非常优美的笔迹写道："此书所收有些'旧体诗人'，有些不常为诗界道及的人。原编篇幅超额，临时不但撤稿（如一个名下多篇，便加删减），而且'撤人'。一时恐难有改订、修复机会了。深感遗憾。倚平先生鉴之"。在《邵燕祥杂文自选集》上，他题道："此为当年请朱铁志代选之书，斯人已去，对书兴叹。"在《乱花浅草》上，他写道："此书廿年处箧中，临寄深圳，始匆匆翻阅一过，发现错漏不少，容有翻过未看部分，有错尚未改正。请谅。"该书为徐城北策划的杂家杂忆丛书，为山东画报出版社一九九七年出版。此书我收到后翻了一下，只见书中邵先生寄我之前这"匆匆翻阅一过"就有六处改正。比如改"文化会"为"文代会"，比如改"修辞正其诚"为"修辞立其诚"等等。看来这本书当时有点粗制滥造，因为书中还有三处是打了补丁的（印出后发现有错误，上市之前贴上正确的掩盖印错的地方），还不包括邵先生看到的那六处。而在《我的诗人词典》里，有台湾诗人郭枫一条，其中生卒年月写的是（一九三三至二〇〇六），邵先生把二〇〇六划掉，在该页的右上角注明："责编好意，为我填查来信人的生卒年月，惜所据不实，致有差错。"可见邵先生之细致认真，让我深为感佩！

二

九月初，忽然又收到北京寄来的邮件，打开一看，真是让我万分惊喜：上次寄给邵老师的那五本书，邵老师签名寄回来了！找到了，确实找到了。书中夹有邵老师的一封短简：

倚平先生：您好！

您六月间寄我的五本书以及您恭抄的"心经"，命我写字的纸，在潜藏近三个月后，终于现身。现将五本旧书先签名奉还，写字事请稍容时日。

我处要加固楼房墙体，必须清理阳台上（必亦波及室内）的新故纸堆，我室内的写字台早不用来写字，亦堆满书报无（按：此字似有讹，未识）章。您六月来件在写字台一角上发现，当是家人代拆后比较重视，放在"高处"的。……琐细不赘，找回来就好。此亦我家人所谓"肉烂在锅里"，没有外流也，一笑！

兄抄经的小楷绝佳，佩服！

北京近日乃有秋意,不复溽暑蒸人。南方似还在雨区中。顺颂

秋安,重在安字!

燕祥上

八月卅一晚

信是写在一个药品说明书的背面,足见邵先生是怎样的物尽其用。也让我知道书是如何匿而复现的。这五本书中,有两本是上次邵老师给过的。但他不因已经给过而留下,且又题字在扉页上。在《沉船》上,他见我此书购于二〇〇五年,于是写道:"此八十年代初所为,今已无此细写耐心了。倚平得书,亦已十二年,恐作为读者,眼光亦已不同。"在《找灵魂》上,题下:"倚平/请披阅我的灵魂/晒在太阳下/让风日清扫那灵魂皱褶里的污垢吧。"《邵燕祥诗抄·打油诗》是一本近体诗集,广西师范大学出版社出版,收入了邵先生一九五八至二〇〇一年所作的格律诗,至于为何书名又要名为"打油诗"呢?邵先生在序言中说:"我以为,在我的写作生涯里,首先是自由诗,写了大半辈子,虽有很多败笔,其中毕竟有我的梦、我的哀乐、我心中的火与灰;其次是杂文,是我的思索、我的发言,数量大,十里选一,还不无可取;最后,才是我原先只是写给自己,或顶多是二三友人传看的格律诗——我叫它'打油诗'。""我把自己的诗叫打油诗,主要是缘于对中国源远流长的诗歌传统的敬畏。在令人高山仰止的诗歌词赋大家和他们的作品构成的众多高峰面前,我虽不因妄自菲薄而气馁,但终保持了不敢妄自尊大的一点自知。我不敢妄言对中国的诗歌及其格律进行'革命',连'改革'亦不敢轻言,我怕亵渎了几千年来著名和无名诗人的心血创造,也怕亵渎了历

代知音读者的切肤会心。在这方面,我可以算是个保守派。"因此说,叫"打油诗",是邵老师的自谦。但邵老师却绝不轻看这些所谓的"打油诗",他评说"打油诗,出入雅俗之间,味在咸酸之外,有古典又有今典,庄谐兼之,张弛有度","直面现实,鞭挞丑恶,以文为诗,不避议论,却情见乎辞,诗味盎然"。他的书中就有非常多这样精彩的诗句,如写于一九八五年的《赠友人》:"年少头颅掷未成,老撑侠骨意纵横。长空万里书何字,鸦雀无声雁有声。"(这是赠刘某雁的,故诗中有一"雁"字)。如一九九七年贺韦君宜八秩大寿的诗句:"已经痛定犹思痛,曾是身危不顾身。"像为杨宪益先生祝寿时作的《祝寿打油七绝句》中这样的诗句:"漫云人老要张狂,还是壶中日月长。笑卧沙发人未醉,酡颜犹似少年郎。""门前有雀一罗收,酒后无聊且打油。一枝苦辣酸咸笔,销他中外古今愁。"像《戏咏五次文代会》:"尽是作家艺术家,出恭入定静无哗。不愁百万成虚掷,安得金人似傻瓜。已验几回诗作谶,可知何日笔生花?掌声拍报平安夜,大会开得很好嘛!"最后两句,以口语入诗,倒是很像打油了,但诙谐有趣,读了必有笑声。邵老师在书上题字曰:"倚平闲时翻翻,可知无须在传统诗与新诗间保存藩篱。"这句话可以看作是邵老师的新旧诗观。邵老师在签名处特意写上"又逢丁酉",且在"丁酉"二字旁加了着重号。我知道,距一九五七年他因言获罪的上一个丁酉年,又一甲子了!而《迟开的花》是一个小三十二开本的薄薄的诗集,是当年北京十月文艺出版社"红叶诗丛"的一种,一九八四年十一月出版,曾获第二届全国优秀新诗(诗集)奖。邵老师谦虚地题写:"此集于八十年代获奖,是有些溢美与过誉的。"而《绿灯小集》则是人民日报出版社"百家丛书"的一种,开本和薄厚与《迟开的花》差不多,收入的是邵先生一九八六年上半年所写的杂文。对这本小书,邵老师写道:"此书原来所收多些,书名《若为自由故》,出书前夕恰遇'运动',经姜德明兄以社长身份抢救,抽去若干篇,易名如此。燕祥,二〇一七年九月。转瞬三十年前事矣。"这段话使我明白,原来此书之出版,背后还有这样的一个故事。

三

二〇一九年(己亥)春节,回到西安,照例要去书店买书、到旧书店和旧书摊淘书的。于是,在西安著名的民营书店万邦书店(已于前年迁址到小寨大兴善寺西街继续开业),看到一本邵燕祥老师的《一个戴灰帽子的人》(江苏凤凰文艺出版社二〇一五年第三次印刷),翻开,是一本类似于回忆录的东西。邵燕祥老师是他们那一代知识分子中比较早、也比较自觉地对过去的历史包括个人的经历进行认真严肃彻底反思的人之一。如何对自己的经历进行回顾审视,他提出"历史现场与个人记忆"这样一种双重视角,既要努力返回历史现场,符合外在的社会真实和生活真实,又要符合内心的精神真实。他认为只有这样的回望总结才会具有深刻的反思精神和历史深度。基于此,他写了不少这一类的著作,如《沉船》《人生败笔——一个灭顶者的挣扎实录》《找灵魂——邵燕祥私人卷宗:1945—1976》《我死过,我幸存,我作证》。而这一本也是同一类著作,但着重写的是他从一九五九年底被摘掉右派分子帽子重回原单位工作到一九六六年"文革"开始前这一段工作和生活的经历。之所以取名叫《一个戴灰帽子的人》,是因为他虽然被摘掉了右派分子的"黑"帽子,但仍然被"内部控制使用",人前背后还是被叫做"摘帽右派",在政治上并没有获得平等的待遇,"于是悟出头上还有一顶有形无形的'灰帽子'"。邵老师的这一类文字,严肃地面对历史,严格地解剖自己,袒露自己的人生轨迹和心路历程,从不掩饰自己在那种特殊环境下的惶恐、迷茫和屈从,不装不媚,真诚磊落,每每让我掩卷沉思,心潮起伏,并颇受教益。这本书以前没有见到过,于是欣然买下。

西安解放路的还有一个规模比较大的旧书店,叫淘书公社,也是我每次回家必要光顾的地方。在那里,我又买了一本邵老师的《画蔷》。这是顾骧主编的《文化人散文随笔丛书》的一种,商务印书馆国际有限公司二〇一〇年出版。书中分别有"诗·读诗读到诗人心里去""书·每本书都有各自的命运""人·读书人的忧乐和悲欢""事·读书人也关心窗外的世界"四辑。邵老师在《自序》中说,书中所收都是偏重文化的话题,或谈诗与诗人,或是给自己或别人写的序跋,还有些是围绕文化生活,精神现象的议论,

左图:《沉船》书影
右图:《沉船》衬页作者题字

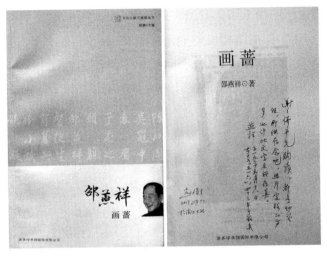

左图:《画蔷》书影
右图:《画蔷》扉页作者题字

基本不涉时政。因为鲁迅曾写过一篇《无花的蔷薇》,邵老师曾有两组随笔分别以《画蔷小集》和《蔷薇的叶子》为题,这次以《画蔷》作为书名,他的解释是:"邵某画蔷,也只是表明,对于有花又有刺的如蔷薇那样的美文,虽不能至,仍然心向往之而已。"但他仍然谦虚地说他画的不是蔷薇而是"一丛'蔷薇叶子'","是叶子,就让它来衬托鲜花——在画中,也在生活中"。这就是书名的由来。我私下曾想,邵老师一定也是一个喜欢蔷薇花的人。

今年新年期间,西安除了李商隐吟咏过的古乐游原下的乐游路的旧书市外,新辟了小寨大兴善寺西街的旧书市,规模挺大,摆了很多摊位。虽然天气寒冷,朔风阵阵,但去淘书的人仍然热情很高。我自然也是去了几次,买了不少书。最令我高兴的是淘到了邵老师的《如花怒放》。这是一本小三十二开的薄薄的诗集,上海文艺出版社一九八三年五月出版,是属于该社"新诗丛"的一种,里边收入抒情诗三十四首,分为两辑,第一辑是祖国山野的散曲,第二辑是访问南斯拉夫的诗章,正文不足百页。书的封面简洁美观,一条蓝色的水流斜穿而过,衬着一朵抽象的花和几瓣飘散的花朵,大概因为诗集的第一首就是《与瀑布对话》,因此那个水流颇像瀑布。我非常喜欢这种薄薄的小册子,所以一眼就看到了它。书的封底盖有一个"兰州.五"的圆戳,应该是当年兰州新华书店买书的印章。买回来后,我在封三记了这么一段话:"此书从兰州卖出,不知谁人购之,又跋山涉水到了西安。当我从旧书摊看到是邵燕祥老师的书时,眼前一亮,一阵欣喜,赶快买来。它又将被我带去深圳,然而在去深圳之前,它将先到北京,到它的作者邵燕祥老师的案头,由邵老师题签之后,再返还深圳,由我宝藏。赵倚平,二〇一九年二月二十二日购于西安大兴善寺西街旧书摊,谨记。"

这三本书后来我都寄给了邵老师,请他题签。邵老师很快给我寄回,在《一个戴灰帽子的人》扉页,他题道:"这是第三次印刷的版本,有些失校处已补正,但仍有漏网的差错。出版,真的也是'遗憾'之事。谢谢倚平购读。燕祥,二〇一九,夏至"。在《画蔷》上,他题道:"谢谢倚平兄购读。都是炒冷饭,聊供存念吧。照片定格的岁月,也许比文字更能存真。燕祥,二〇一九年五月十八日,前天为'五一六',四十三年于兹矣"。炒冷饭乃邵老师谦辞,而该书中插有许多珍贵的照片,故而有"照片比文字更能存真"之语。而在《如花怒放》的环衬上,邵老师写道:"读到封三上倚平购书小记,才知道当年此版印行的一万本书中的这一本,三四十年已漫游过半个中国。重新翻阅,这本诗在近四十年前写作时,作者已年近半百,固然不乏沧桑之感,字里行间却还回响着青春的旋律。在石头城杜布洛夫尼克隔海遥望威尼斯,在贝尔格莱德城堡举酒告别波芭的情景,一一复现眼前。燕祥,二〇一九年立夏于京门"。邵老师的字具有书法的味道,温文尔雅的气息如春风扑面,捧读之再,不忍释手。

这是邵老师第四次为我签书,心存感念,特记之如上。

(此文各节分别载于二〇一九年第二期《书屋》杂志,二〇一九年六月二十四日《藏书报》,二〇一九年十一期《各界》杂志)

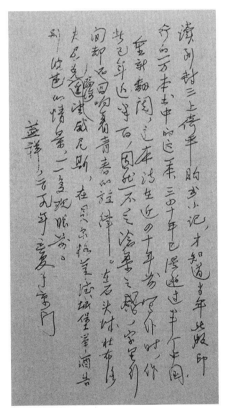

《如花怒放》衬页作者题字

"史鉴体"杂文的独特韵味

——牧惠先生的签名本

　　二〇〇四年六月初,当我偶然从报纸的一角上看到牧惠先生去世的消息,觉得非常意外。因为两个多月前我还在深圳见到他,当时并未觉得这位瘦小的老人身体有什么毛病。怎么突然人就不在了!简直不敢相信。但报纸上白纸黑字,岂能有假!我觉得,这真是中国杂文界的一大损失。

　　牧惠先生去世时岁数不大,才七十六岁,而且正当创作高峰期,一篇篇以史为鉴借古讽今针砭时弊的优秀杂文不断在他笔下流出。后来我才得知,牧惠先生虽以杂文家名世,但却还是一个老革命。他是广东新会人,一九二八年出生在广西贺县,十七岁在贺县中学毕业,十八岁考入中山大学中文系,这是一九四六年。一九四八年他因参加中共外围组织而被国民党特务机关通缉,被迫逃离中山大学,参加游击队,打了两年游击,当过武工队队长,是个经过战火洗礼的人。一九四九年以后当区县干部,然后被一级一级往上调,一九六一年被调到中共中央《红旗》杂志社(即现在《求是》杂志)当文艺组编辑。他的一生经历非常丰富,搞过基层群众工作,当过政治经济学讲师,"文革"后搞过一段明清小说研究,写过小说、散文、文学评论等,尤其是一九八八年离休后主要精力用于杂文创作,并且成就卓著。他博览群书,有深厚的历史学识和文学素养,因此他的杂文,总是以历史眼光关注现实,不但正气凛然,疾恶如仇,有锐利的思想锋芒,并且蕴含着浓厚的古典文学韵味,文采斐然,非常地耐读好看。在中国杂文界,他的杂文独树一帜,被称为"史鉴体"。牧惠是他的笔名,他本姓林,叫林文山,又叫林颂葵。

牧惠的杂文我一直是见到必读的。先后买了他的《闲侃聊斋》《歪批水浒》《古经新说》(前两本韩羽插漫画,后一本方成配漫画,文图并茂,堪称绝佳)和《也来拍拍打打》。最早与牧惠先生联系,是二〇〇〇年后寄给他我编的《鲁迅论中国社会改造》,很快收到牧惠先生签名寄来他的辽宁画报出版社二〇〇一年出版的《姑且白日说梦》,实际上是《闲侃聊斋》这本书的另一个版本。并附一信:

倚平先生:

　　谢谢惠赐新书。

　　寄上书一册,是再版书,不知是否重复了?

　　有机会到深圳时希望能见面一叙。

　　即颂

时绥

　　　　　　　　　　　　　　　　　牧惠

　　　　　　　　　　　　　　　　　八月十七日

这个见面的机会终于来到,二〇〇四年三月,牧惠先生到深圳开一个杂文界的会议,我便把以前买的《闲侃聊斋》《歪批水浒》《古经新说》这三本带去(可惜匆忙中漏掉了《也来拍拍打打》,这本书二〇〇〇年元旦在深圳购买),请牧惠先生签字。那天会议日程很紧,也没能和牧惠先生说多少话,但总想来日方长,以后还有机会向他请教。不意他回北京不久,在工作中却因心脏病溘然长逝。据蓝英年先生说,三天前他们还在一起参加一个座谈会,牧惠走路健步如飞,在会上发言声音洪亮,义愤填膺。所以谁能料到这样的一个人会遽然离世呢?以至于光远说:"上帝好像瞎了眼睛!"

我与牧惠先生未能深交,过去只是折服于他的文字。待他去世,从他一些朋友怀念的话语中,我更敬佩他的为人。陈四益先生说:"他是那种锲而不舍决不肯向邪恶让步的理想主义者,明知白说也不愿放弃说话的权利,始终希望那些文章能有助于世道的改进。所以他不停地写,不停地呐喊,直到生命的最后一刻。"邵燕祥先生说:"在我的心目中,他是今天已经少见的一类人:一个说真话的朋友,不择对象、不要心计、不设防,有时达到

左图:《古经新说》书影
右图:《古经新说》扉页作者题字

天真的程度,甚至连所谓'合理的谎话'也不会说。一个时时刻刻把别人放在前面,把心掏给别人,'古道热肠'的人。"确实,像这样一个近乎于"纯粹的人",却被死神无情地掳走,我也不能不说:"上帝真的好像瞎了眼睛!"

二〇一八年十月四日

补记:

己亥(二〇一九)年正月十二,我在西安淘书公社看到一本牧惠先生的《没理由陶醉》。该书是河北教育出版社二〇〇四年一月出版的"世相丛书"的一种。我以十元特价买下。见书思人,我在扉页上记下:"牧惠先生逝世久矣!于今才见这本书,毫不犹豫买下。我与先生曾有书信往来且有一面之交,买此书亦是纪念!"

二〇一九年四月十八日

(原载《藏书报》二〇一九年十一月十八日)

有流沙河的城市，人们是幸福的

——流沙河先生的签名本

我在成都有不多的几个朋友。我常常很羡慕他们，这种羡慕并非是他们在天府之国，食物精美，风景秀丽；也不是他们有一个悠闲散淡的城市氛围，可以活得潇洒自在。而主要是成都有一个老先生流沙河，可以去亲近拜访，虚心问学，更何况老先生还经常开讲座。据悉，自二〇〇九年以后，他在成都图书馆开始了系列传统文化的讲座，先讲《庄子》，之后又进行"中国诗歌通讲"，从《诗经》讲起，讲《古诗十九首》，讲汉魏诗歌，讲《唐诗三百首》，还有宋词。最近，我又在视频上看到先生讲的《易经》……总之，这一讲就是八九年，按老先生的话说，听众以前看他的背是直的，现在都弯了。流沙河先生治学严谨，听说为了讲好《诗经》，他不仅把从清代到现代的很多《诗经》研究专家的专著全部搜罗来读，还对《十三经注疏》进行深入研读。他有一本《十三经注疏》的影印本，字体特别小，他就用放大镜，把关于《诗经》的内容通读了一遍。每次讲座前，他都认真备课，把所讲内容的关键字和生僻字，用毛笔在白纸上写下来，讲时向听众展示。他甚至挑出重点讲解内容，工工整整地按原文抄下来，提前交给成都图书馆复印好，在讲座时发给每一位听众。他的讲座，操一口地道的成都方言，直白诙谐，幽默生动，好像摆龙门阵一样，但思想内涵却十分丰富。他博闻强识,有深厚的知识储备,不但古文功底深厚,而且还对历史、民俗、地理、天文、物理、生物、化学等多学科有相当的造诣,讲座时旁征博引,引经据典,信手拈来,融会贯通。比如讲《出塞》,他旁及到其他与飞将军有关的诗歌,一首七言绝句,就讲了近半小时。又如讲唐诗《月夜》"更深月色半人家,北斗阑干南斗斜"时,北斗星和南斗星是什么样子、在地球哪个方位等等,他都讲得清清楚楚,还能顺口背出二十八星宿表。而且他擅长用日常生活中的事物进行比喻,语言既通俗又精练,使整个讲座活灵活现又有声有色,爆棚的听众和掌声笑声是可以想见的。因我不在现场,以上内容见于"四川在线"记者吴梦琳和何浩源的生动报道,我只是复述了一下。但想想这八九年,流沙河先生的讲座该是一种怎样的文化盛宴,成都的听众真是有福了!

流沙河先生的经历我们早已了解,无须多言。他新时期的诗作《理想之歌》曾经激励了年轻时的我,至今还能背诵其中的名句:"理想是石,敲出星星之火;理想是火,点燃熄灭的灯;理想是灯,照亮夜行的路;理想是路,引你走到黎明。饥寒的年代里,理想是温饱;温饱的年代里,理想是文明;离乱的年代里,理想是安定;安定的年代里,理想是繁荣。"一九九六年,我就买到了他的《流沙河诗话》,读来很是享受,读后很受教益。二〇一四年,晋东南先生去成都,见到朱晓剑,知道星期二在府河边上天然居茶园有一个文化沙龙,流沙河先生会来讲座(可见老先生不只是在成都图书馆一处作讲座),东南先生便电话问我是否想要流沙河先生签名的书,我大喜过望,求之不得,只可惜他去前未曾告知,否则会我让他带上《流沙河诗话》请老先生签名的。东南说不要紧,他去书店买。结果在成都购书中心买书时引出一段故

有流沙河的城市,人们是幸福的

左图《庄子现代版》书影

右图《庄子现代版》扉页作者题字

事,且看朱晓剑的转述:"起初,他问流沙河老师的书,店员问他是刘沙河吗?他当然说不是,他就告诉店员名字的正确写法,然后店员查了下,说有书,却没有找到。他不死心,就继续在书店里寻找,好半天才找到两册《诗经现场》。(按:晓剑所记有误,应该是一本《诗经现场》,一本《庄子现代版》。)之后到天然居茶园,沙河老师也来了现场,戴着一副眼镜,在跟一群老朋友喝茶。我先带晋兄求他签名,'这是从深圳来的朋友,特地来拜访您'。晋兄也过来打招呼,并做了介绍,递上两册书,流沙河老师从包里拿出钢笔,问了姓名,在带来的两册书上题签:一是赵倚平先生流沙河,二〇一四年暮春;一是晋东南先生,成都府河岸上,流沙河,二〇一四年四月二十二日。"这就是我得到流沙河先生签名本的经过。

之后,我又陆续买了流沙河先生的《诗经现场》《诗经点醒》《流沙河讲古诗十九首》《流沙河讲诗经》《字看我一生》等,并于今年春节负重带回西安,计划过完春节去趟成都,让朋友引荐,请流沙河先生为我题签,当然也想趁此机会亲近一下先生,并表示敬仰之情。过完年后,联系朱晓剑先生,表达我想面见流沙河先生的意愿,谁知那几天朱晓剑正忙于作协的换届诸事,不可开交,而我的行期已到,只好又悻悻然带着这些书返回深圳,还想着几时再从深圳专门去趟成都,以完成我的心愿。谁知忽于微信上看见流沙河先生遽然仙逝的消息,不胜悲哀和遗憾! 这么一个善良智慧的人走了,老先生越来越少了! 听说流沙河先生还有没有完成的著述,这才是最让人惋惜的! 但好在有他的著作、视频在,读先生的书,如在交谈,看先生的视频,如亲聆謦欬,对我们来说,也只能这样想了!

二〇一九年十一月

(原载《藏书报》二〇一九年十一月十八日,《深圳商报》二〇一九年十一月二十七日,《西安晚报》二〇一九年十一月二十八日)

有流沙河的城市,人们是幸福的

学习鲁迅，为中国进步尽力

——朱正先生的签名本

一

在短短的四个月中，我有幸两次拜见朱正老先生，并得到他两次签名的书。

第一次是二〇二〇年七月，正是夏季，驾车返故乡途经长沙，经文川兄、任理兄联系定好时间，在十二日上午，我们来到湖南美术出版社家属楼朱老的住所。开门的是一位中年男子，后知他就是朱老的公子朱晓。紧接着朱老就来到了客厅。朱老中等身材，皮肤白皙，头发有点长，也基本白了，眼袋有点大，也许是勤于读书写作的原因。他穿着格子短袖衫，黑色短裤，笑眯眯地跟我们握手，然后坐下来说话。

在湖南，在长沙，有两位为全国学术界读书界瞩目的学人，这就是朱正和钟叔河。这两位有点像难兄难弟，他们同一年生，又在新旧鼎革之际到了同一家单位《新湖南报》报社，都成为了李锐的部下，之后，在肃反运动中又都成为"肃反"对象，但又都没有查到任何问题，到了一九五七年，两人都沦为"右派"，都受到开除公职劳动教养的处理，"文革"时期又都被以"反革命"罪逮捕判刑（只是刑期长短不同），等到"文革"结束，两人又都到了出版社，而且都做到了出版社的总编辑（钟叔河岳麓书社、朱正湖南人民出版社）。尽管受尽磨难，但两个人在各自的学术领域都卓有成效，成为大家。朱老的研究范围在鲁迅和"反右"，他在这两个方面作出的成绩无人能够比肩。首先是鲁迅研究。朱老鲁迅研究的开端是在他还仅仅只有二十四五岁的时候，这一点上他和钟叔河有点不同，在上初中时，钟叔河喜读周作人，而朱正喜读鲁迅。正是因为这样，到了报社以后，朱正便利用业余时间着手写一本《鲁迅传略》，这本书目前来看，固然有很多缺陷，按朱正先生的说法，是以毛泽东《新民主主义论》等著作的论断和瞿秋白《鲁迅杂感选集序言》为指导思想和主要线索，"绝无自己的见解，完全是人云亦云"。但在一九五六年，却也达到了当时允许达到的水平，也代表着当时研究界的普遍水准。书出来后，广受欢迎，几个月内便印了两次，印数达三万七千五百册。

朱正在劳教和"文革"入狱期间都没有放弃自己的研究。和他一起劳教的有一个中专语文老师董树楠，他订阅了一份《新观察》半月刊，从一九五九年某一期开始，这本刊物连载许广平的新书《鲁迅回忆录》，董老师知道朱正对鲁迅有兴趣，就每期都送给他看，朱正看后却非常失望。本来作为鲁迅夫人，许广平应该提供更多的史料，但许多文章议论多、事实少，而且许广平讲的很多事情都和朱正从鲁迅著作中得到的信息不符，常有出入。于是，他以自己弟弟的名字（因为自己的右派身份不适合写信）写信给许广平，指出一些与事实不符的部分。后来许广平回信说："我收到你的来信，你讲的是有道理的，但你是根据这些文献得到的，而我是根据我的生活直接知道的，所以我无意根据你的意见修改这本书。"既然得到这样的答复，朱正就自己写文章考证，把他发现的这本书中的错误逐一加以考证，也正是从此，他真正走上了鲁迅研究之路。

朱正有一个伟大的父亲，在他没有工作、没有收入之时，工资并不高的父亲负担了他的全部生活费用以及他买书的费用，支持他的研究。甚至在他入狱期间，也为他买齐十卷本《鲁迅全集》和《鲁迅手稿选集》。这样，他得以完成了这本对他很有意义的书，书稿还有幸得到冯雪峰、孙用二位先生的鼓励、指教，后来，一九七九年以《鲁迅回忆录正误》为名出版，到二〇〇六年，印了四次，二〇一二年又以《被虚构的鲁迅》出了第五版。王得后先生称其"展现出超群的学术勇气和坚实的考订功力，自是研究鲁迅者所不可忽视的一部重要著作"。

一九八〇年，朱正被借调到人民文学出版社参加十六卷《鲁迅全集》的编注工作。此前人民文学出版社曾想借调他参加这一工作，但因为他头上还戴着"右派分子"和"反革命分子"的帽子而没有成功，一九七九年平反后才得以到了北京。但实际上，人民文学出版社早就给他寄鲁迅各个单行本的征求意见本，他也每次把意见写出寄回。这项工作完成后他就开始着手修订《鲁迅传略》。几十年来，朱老关于鲁迅研究的著作十分丰厚，除上述著作之外，还有《鲁迅图传》《周氏三兄弟》《鲁迅的人际关系》《鲁迅身后事》，与陈漱渝等合著的《鲁迅史料考证》，与邵燕祥合著的《重读鲁迅》，而他的《一个人的呐喊》，就是在《鲁迅传略》的基础上修订，但差不多是重写的。朱正先生在广泛占有资料的基础上，以严谨的学术态度和史家独特的眼光，既见白璧，又见微瑕。著名学者严家炎先生认为，其"独特可贵"之处一是他集中运用了最近二十多年国内外发现的不少有关鲁迅的新资料，纠正了此前学界一些不确切甚至不正确的说法；二是多从难点、疑点下手，深入掘进与突破，力避面面俱到与泛泛而谈；三是以中肯细密的论析，推进了鲁迅研究中某些关节点的解决。钱理群教授说,这本传记不仅集鲁迅史料研究成果之大成,而且作者也有自己的史料的独立准备,对一些重大事件也有自己独立的判断,提出了自己的一家之言。鲁迅研究专家王得后先生评价说,语必征实,史料丰赡,考证精审,知人论世,特立不群。不仅是青年了解鲁迅的基础读本,也是有志于研究鲁迅不可不读的启蒙书。朱老也说,他写了许多关于鲁迅的书,希望这一本能够留存下去。在我看来,在众多出版的鲁迅传记中,朱老这一本,精深独到,应该是最好的一本。

鲁迅研究之外,因为自己本身是右派,而且这个右派又是莫名其妙得到的,因此,朱正从劳动教养时就开始了他的反思。一九五七年六月八日,《人民日报》发表了题为《这是为什么》的社论,朱正这些年,也一直在问同样一个问题:这是为什么?通过深入思考,他终于有了清楚的认识。一九九三年初,他去看望邵燕祥先生,邵先生把他刚刚写好的《1957:中国的梦魇》给他看,他看后觉得,这是一篇很有分量的文章,但限于篇幅,只够提出一些论点,如果征引一些史料,就可以写成一本书了。他把这看法告诉了邵燕祥,邵先生说:"你来写怎么样?"朱正说:"行,我来写。"于是他花了一年时间,写出了皇皇巨著《1957 年的夏季:从百家争鸣到两家争鸣》,然后又数易其稿,进行修订。他仍如研究鲁迅的学术态度,"广搜博览,严格依据已经公开发表的资料,事事有来历,句句有出处,力求在最大程度上让历史得以本来面目出现"(邵燕祥序言语)。朱老这本书一出来,立即受到学界的重视,后来又重印数次。程千帆教授读过后写信给朱老说:"若中国不亡,世界尚有是非,此书必当传世。不虚美,不隐恶,是以谓之实录。"在我目中,它也是研究反右斗争不可多得的一本好书。

现在这位经历坎坷、又学问精深的老人就在我眼前。寒暄过后,朱老忽然说:"我们有一个共同的朋友。你等一下。"说完,近乎小跑地进了里屋,我很惊讶这么大年龄的人步履却这么轻盈。一会儿他拿出张扬先生编的一本厚重得像砖头一样的《鲁迅语典》给我看。我知道朱老一定是看了前不久《温州读书报》发的我写张扬先生给我签名《第二次握手》的文章《梦断香消四十年》。对这本书我一点也不惊讶,因为张扬先生在二〇〇三年一月十二日和我的通信中就说过他编的这本书。说起《温州读书报》,朱老还评价说:"这份报纸是所有读书报中最好的一种。"

　　朱老的客厅正面的墙上挂着一帧大幅的他的油画像,是前些年长沙一位画家所画,不但形似,朱老冷峻坚毅的神态更是描画得惟妙惟肖。我想朱老的发型可能几十年一贯制,这幅画像以及他著作照片里的,都是他现在这个发型。和画像相对的一面墙及两侧的墙皆是到顶的书柜,里面放满了书籍。我们坐在书柜前的沙发上说话,谈起朱老的鲁迅研究,说起现在微信上常见的对鲁迅的各种非难和诬蔑,我还翻到一段前一阵微信上的一个帖子念给朱老听,又谈到一些社会现实方面的问题,朱老乐观地谈了自己的看法。任理兄告诉朱老,张在军在编《聂绀弩先生年谱长编》,有意请朱老为书题名。朱老连说这是好事,并答应书编好后再题。然后,朱老站起来给我们介绍他的藏书:客厅的书柜里,都是签名本,朱老结识了很多文化名人,和他们有很好的交谊,所以他的赠书很多。签书中就有一些趣事,朱老曾为聂绀弩的《散宜生诗》作注,两人的友情很深。聂绀弩曾在赠朱老的一本书上签"白歪先生正之",取"朱正"的反义开开玩笑。还有楼适夷,一次给他签书,写道:朱正小弟正之。因为朱正比楼适夷小十几岁,朱正连忙说:"错了错了,辈分错了。"楼适夷笑着道,莫非要我题上"朱正兄指正?"说完两人大笑。朱老又带我们去参观书房,我看到,去卧室和书房的走道上,也是放满了书的书柜。而书房的三面墙上的书柜,也全是书。朱老介绍说,他有各个时期出版的鲁迅全集。同时告诉我们,一九四九年以后的鲁迅全集有些地方有删改——这让我们都感到很意外。我看到,在饭厅的墙上,挂着李锐、楼适夷、聂绀弩送给朱老的书法,显示着朱老跟他们的友谊。而在另一张座椅旁,还有一本翻开的朱老正在阅读的厚厚的书。

后来,我拿出带去的朱老的《一个人的呐喊》《鲁迅史料考证》和《门外诗话》请他签名。朱老又一次轻快地跑进里间,拿出两本他的随笔集《那时多少豪杰》,说这本书送给你们。在客厅的一张桌子前,他坐下来,在每本书上签名钤印。在《那时多少豪杰》上,朱老题道:"庚子年七月十二日,倚平先生枉驾见存,出

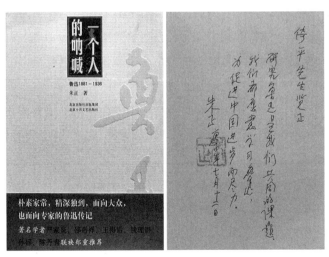

左图:《一个人的呐喊》书影
右图:《一个人的呐喊》衬页作者题字

此旧作奉赠，以为纪念。朱正谨奉。"

在《一个人的呐喊》扉页上，朱老这样题：

倚平先生览正

　　研究鲁迅是我们共同的课题。我们都愿意学习鲁迅，为促进中国进步而尽力。

朱正

庚子年七月十二日

时间已近中午，我们怕耽搁老人家时间太多，就跟朱老依依告别。

回到西安，我找出了以前家里还有的朱老的书，又从孔夫子旧书网上买了一些他的著作。待到十一月返深圳，我又带着这些书，跟任理兄第二次来到朱老家里。还是朱晓兄出来开门，朱老还是前次见的样子，因为已是秋天，他穿着一件皮夹克，这次老人似乎有点感冒，我们又聊了一些彼此感兴趣的话题，我还就二十世纪二三十年代，除个别自由主义知识分子之外，知识分子基本上整体向左转这一问题，请教朱老，他从整个共产主义运动的一个特点解答给我，并说鲁迅在这个方面是起了很大作用的。说起时势，朱老给我们讲了一个"教马说话"的笑话，引得我们都哈哈大笑，他自己也乐不可支。

这次我带来了不少朱老的书，他最早的那本《鲁迅传略》，《鲁迅回忆录正误》的初版本，《鲁迅身后事》《鲁迅的人际关系》《1957 年的夏季：从百家争鸣到两家争鸣》《辫子、小脚及其他》，还有《周氏三兄弟》。这本是我在孔夫子旧书网上买的，不知怎么弄的，不小心买了两本。当时就很纳闷，怎么同一个出版社，

左图:《鲁迅三兄弟》书影

右图:《鲁迅三兄弟》扉页作者题字

同一版的书,开本大小却不一样。这次拿来,朱老一看,笑了,说:"这是我唯一的盗版书,大概书商以为,这本书可以赚钱。"朱老在两本书上都签了字,在那本盗版书上,他写道:"此册系盗版。我写的书唯一有盗版本者。"他又拿出一本复旦大学出版社二〇一〇年版的《鲁迅三兄弟》送我,在书上题道:"倚平先生:二〇〇三年我在东方出版社所出《周氏三兄弟》有一些错字,改正后印为此册,持以奉赠请教。朱正谨奉,庚子岁暮。"在《鲁迅传略》上题的话是:"少年习作,此册已不足观。"在《鲁迅回忆录正误》上题道:"此初版本,后出各版,多有改善。"在《1957 年的夏季:从百家争鸣到两家争鸣》上,也题下:"此系初版,以后每次重印,都有所增补修订。"的确,像这本书,二〇一四年出版的版本,就增加到了七十多万字,比我手里这本初版,增加了几乎一倍。

朱老是学者、史家,除他的大著之外,他随手写来的一些随

学习鲁迅,为中国进步尽力

笔、杂文，文字也非常生动优美、精练隽永，读来意味深长，是一种精神上的享受。像收在《门外诗话》《那时多少豪杰》《辫子、小脚及其他》中的文字就让人着迷。我以前爱读朱老的书，在见过老人之后，再读，却有了不一样的感受，他的举手投足、音容笑貌，在我阅读的时候也常常会浮现在脑海中。朱老给我题的勉励的话，我当然更是不会忘记的，也要像他期望的那样去做。

《那时多少豪杰》的腰封上有一句话：革命背景下的切面叙述，教科书中看不到的历史，从《鲁迅传略》到《1957 年的夏季：从百家争鸣到两家争鸣》，写的是过去，想的是现在和未来。这段话，说得痛切，也表达了朱老的赤子情怀。告别之时，一个一直在心里的念头忽然冒了出来，我给朱老说："您多保重，您是国宝，一定要多保重！"我不知别人怎么认为，在我的心中，朱老这样的人物，是不可多得的国宝，这不是谀美之词，而是我的心里话。

二

返回深圳，又在网上搜索了一下朱老的书，发现还有一些我没有。加之我还有一些问题要向先生请教，于是又买到广东人民出版社的《当代学人精品·朱正卷》，这是先生比较重要的一部书。又在网上看到东方出版社二○○七年版的与邵燕祥先生合著的《重读鲁迅》，这是我喜欢的一本。还有一本海南出版社二○一三年版的《被虚构的鲁迅》，内容似与《鲁迅回忆录正误》重叠，于是在微信上问朱晓兄。因我看到朱老曾在《一个人的呐喊》自序中推荐人民文学出版社二○○六年版的《鲁迅回忆录正误》（因为每一新版朱老都有修订），但这个序言写于二○○七年，不可能知道六年后还有一本《被虚构的鲁迅》出版，故问这两

本书是否有不同。朱晓兄说,海南出版社这本书是他编的,与二
〇〇六年人民文学出版社的《鲁迅回忆录正误》内容一样,新出
时用了一个更有吸引力的名字。朱老曾说这是这本书最好的版
本。于是,我就把这三本书都买了下来。

　　二〇二〇年十二月份,《书屋》杂志发表了我写的《鲁迅在
1920年》,这是写一百年前的鲁迅的行迹。杂志发表时略有删
节,我从微信上把全文发给朱晓兄,请他指教。他说:"我外行,
回头给我爸看看。"此文蒙朱老寓目,通过朱晓兄的微信给我答
复:"赵先生,大作拜读一过,我没有可贡献的意见。朱正。"到了
今年元月,我给朱老写了一信,向他求教了两个问题,一是关于
鲁迅之死的一个问题:在鲁迅病情危急之时,在上海这样的大城
市,为什么鲁迅的家人从来没有动过送他到大医院的念头;二是
关于鲁迅日记中一九三二年二月十六日"邀一妓略来坐"之事。
这固是无聊问题,但网上不时有炒作,我亦疑惑,故再问先生。
朱老很快寄了回信及签好的书。在《重读鲁迅》这本书上,他写
道:"倚平先生览正:后来我把书中重读答托洛斯基派的信一篇
重新写了,登在上海《现代中文学刊》二〇一七年第四期。我又
另写了重读《答徐懋庸并关于抗日统一战线问题》登在《随笔》二
〇一八年第四期。朱正,二〇一二年新年"。这后一篇,是该书
出版后新写的,书中没有,因此朱老题签时给予提示。而因为我
在信中提出的第一个问题,朱老又给我寄赠了一本人民文学出
版社二〇一三年版的《鲁迅传》。在信中,朱老答复道:"现将寄
来拙作签名寄还。并附赠拙作《鲁迅传》一册,这是去年第三次
重印的,出版社给了我五本。所以将此册奉赠。第四百一十一
页引了周正章先生著作,这是《一个人的呐喊》所没有的,你看
了,对于鲁迅之死的情况就可多了解一些了。"对于我所提出的

第二个问题，朱老说："我以为就是'略来坐'，如果没有其他更多更过硬的证据，就不好说有其他内容，厚诬古人了。"先生是搞历史的，历来主张有一份证据说一份话，我对他的说法，是信服的。

就在这几本书寄走之后，我又在网上发现朱老的一本《鲁迅手稿管窥》，引起我极大兴趣。便买了回来，想以后再请朱老签字。但朱老在寄回书时，不小心把我的信夹在一起又寄了回来。之后朱晓兄微信告诉我："我爸说退人家信不礼貌，让你用平信再把信寄回去。"我对中国邮政的平信邮寄已经不太信任了，因为以前寄丢过几封。于是，我又上孔夫子旧书网买了朱老的两本随笔集《思想的风景》和《留一点谜语给你猜》，同时看到朱老的《鲁迅的人脉》（东方出版中心），我知道我已经有了这本书的最新版，即《鲁迅的人际关系》，但我还是买了下来。且二○一五年我还在西西弗书店买到花城出版社出版的由朱正编选的一套四卷《胡适文集》。于是我又把这四本书及《胡适文集》的第一卷一起寄给朱老，请他签名。这次朱老仍是极快地寄回书和信，最让我意外的是，在《胡适文集》的扉页上，朱老题道："这部选集是我选的，但我未看校样，书中错字、掉字甚至整句整段的漏落都有。我曾请出版社不要发售。希望你不要阅读和保存它。致赵倚平先生，朱正，辛丑新春。"竟然如此！当时看这部书，不论从内容还是朴素大方的装帧设计，都是我所喜欢的，但买来只读了一点点，还总想抽时间把它读完，真没想到其中还有这样的问题。

听朱晓兄说，老人天天都在读书和写作。我这样来来回回的签书，已经很打扰和麻烦老人家了，说实在的，心里也是有些惶恐不安的。

二○二一年二月

万卷纵观当具眼

——钟叔河先生的签名本

一

庚子年七月，我开车从深圳回西安省亲，长途遥遥，中途必须要在长沙或者岳阳住一晚。过去去过长沙多回，但都有公务；后来也曾多次开车经过长沙，但也都行色匆匆。这次不是太急于赶路，于是计划着能去拜见一下朱正和钟叔河两位老先生。这个念头一出现，便很强烈。但还是隐隐有些担心，一是两位老人年事已高，而且都还在写作，身体和时间都不便打扰；二是目前还在新冠疫情特殊时期，不知二老是否很在意跟陌生人接触。后经长沙和西安（和二位老人有交往的）的朋友的联系，幸得应允。我便带上以前买的他们的书，到了长沙。

去钟老这里，是在七月十二日的下午三点。由迭戈兄领路，我带着《念楼学短》一套五本，来到了著名的念楼。迭戈说：一套书老人只签一本的。我说，都带上，再看吧。上到二十楼，钟老大门的一边贴着一个镌刻着"念楼、锺寓"字样的竹子形状的工艺品。据钟老说，这本是桐乡叶瑜荪用竹子镌的二字直额，堪称竹刻佳作，因为怕伤竹材，不敢用钉子钉，就放在客厅。贴在门上的这一件，则是另让雕塑家雷宜锌模铸的。敲开门，钟老刚刚午休起来，从他的卧室兼书房走到客厅，招呼我们坐下。

钟老住在一个三居室,客厅很大,西面一堵墙全是到顶的书柜,里面大多放着成套的大开本的书,东面的墙除了留出电视机的位置,两边也是书架。南向的窗户下的矮柜里,也是大开本的书。据钟老夫人朱纯《老头挪书房》,这是把原来靠南的书房的书,都搬到了客厅。钟老在当年落难的时候,曾当过几年木工,这一切都是由他设计的。这样,原来的书房就留给了朱纯用,而钟老便搬到北边的一间小一点的屋子里写作。如今,这偌大的客厅里,还留着一张用草绿色绒布盖着的台球桌,原来的书房也保留朱纯在世时的样子,就是为了纪念夫人。客厅的墙上和走道上,挂着李锐、沈从文、黄永玉和沈鹏等写给他的字,书房里还挂有一些。

　　钟老一九三一年生于湖南平江,今年已经八十九岁了。他在一九四九年刚刚读完高中,不到十八岁。本来想继续进大学读书,想去学考古或者植物学,但这时有一个叫尚久骖的女孩子很吸引他,这个女孩子要去考省报和新华分社办的新闻干部训练班,他就跟着她去考进了新闻干部训练班。这也决定了钟叔河与文字打交道、做编辑的一生。新干班结业,他被分到李锐当社长的《新湖南报》,先当记者,后当编辑。在"胡风反革命集团"运动中,钟叔河认为胡风很"左",但无论如何不是反革命,自己却因此成了"肃反"对象。后来到一九五七年,他因为"要思想"、爱直言、说实话,被定为"右派",开除公职送劳动教养,他便申请回家自谋生路。这时,他们已有三个孩子,妻子还正怀着第四个孩子。于是,他靠拉板车、做木工、裱字画、做教学模型、搞机械绘图维持生活、养家糊口。到了一九七〇年,他又因"诬蔑文化大革命",被抓起来判刑十年,送到茶陵劳动改造,这个劳改队有个制造茶叶机械的工厂,他就在厂里绘图。后来潘汉年也被关到这里，他和潘汉年有两次短暂的交流，一次是主动介绍自己，潘轻轻地给他说了四个字："相信人民。"一次是他给潘说自己想不通，要写申诉，哪怕没有用处也要把道理讲出来。潘看了他一会，摇了摇头，又是轻轻地说了四个字："你还年轻。"实际上，钟叔河那时每年都要写一份申诉，一九七六年打倒"四人帮"以后，他又重新写了一份申诉，强调"我要求的并不是怜悯，我要求的不过是公正。"到一九七九年三月，钟叔河才被释放。

一九五八年被开除公职后，钟叔河就给妻子朱纯说过这样的话："饭还是要吃的，书还是要读的，要我们死是不得死的。"这种信念支持他即使在艰难谋生和"服刑"期间，也没有放弃读书。他先是利用父亲文史馆员身份而持有的"特种读者证"从图书馆借了不少书看；在劳改队，又有好心的人从职工图书室借书给他看，《资治通鉴》和《二十四史》就是在这时看的。所以，钟叔河虽未读过大学，但他的知识储备并不比科班出身的人差，加上善于思考，他的学识水平却不知胜于同时代人几许。平反后，钟老不想再回报社，而是选择到了出版社。

到出版社工作，钟叔河就有机会把自己的一些想法变为现实。劳动改造期间，他就在思考中国社会的问题，想怎样才能让中国社会变好，变成一个现代化的国家，他想起自己以前看到过的容闳、梁启超、康有为、黄遵宪等人的书，认为十九世纪国人走出去的所见所思，具有思想文化价值，于是，就策划出版了"走向世界"丛书。当时，有位朋友半开玩笑地问他："不怕戴卖国主义的帽子吗？"钟叔河坚定地回答："不怕！"这套丛书的出版，成为二十世纪八十年代中国出版界的一个标志性事件，甚至也可以说是中国改革开放的标志性事件，在知识界产生了巨大的反响。李一氓认为它是近年最具思想性、科学性、创造性的一套丛书，是整理古籍的楷范,是近年出版界一巨大业绩;萧乾说它是文史方面里程碑式的著作。这套书以及每本书前的叙论也引起了钱钟书先生的注意,他特地要见一下钟叔河,并对钟叔河说,丛书各本的导言都写得不错,建议结集成书出版,他愿意写一序言。杨绛说,这是钱先生一生唯一一次主动为人作序。钱先生在序言中说:"叔河同志的这一系列文章,中肯扼要,不仅增添了我们的知识,而且很能引起我们对这个问题(按:即'走向世界')的思索。"李一氓先生评价说:编者在每种书前,各精心撰写了一篇对作者及其著作的详尽的叙论,文笔流畅,论断精当。

后来钟老又出任了岳麓书社的总编辑。对于本乡人曾国藩,他的看法是:曾国藩是传统文化最后的总代表,是旧政治、旧道德、旧文化最后一个集大成者,是传统中国崩坏前"最后一个巨人",要了解中国的旧文化,就一定要读曾国藩。基于这种认识,他力排众议,主持出版了新编的《曾国藩全集》。在二十世纪六十年代,他一边在长沙的街道上拉板车,一边还在找周作人的书读。后从朋友处得知周作人的地址,便写了封信,希望得到他的书并一幅字。周作人很快复信,并寄来了一本他翻译、人民文学出版社一九六三年出版的《伊索寓言》和一幅字,字是写在宣纸上的一首诗:"半生写文字,计数近千万。……饲虎恐未能,遇狼亦已惯。日入新潮中,意思终一贯。只恨欠精进,回顾增感叹。"之后,他花了很大的力气,来搜集、编辑、印行周作人的著作。他编的《知堂书话》,是一九四九年以后出版的第二部周作人的文集。后来,四卷本的《周作人文选》《知堂序跋》《儿童杂事诗图笺释》等陆续推出。在当时的环境下,钟叔河所做的这些事情,是需要勇气、学识和胆识的。

现在老人就坐在我对面,他穿着 T 恤,理着光头,仔细看去，与在书上看到的照片并无二致，只不过书上都是过去年轻一点的，现在他变得老了一些。问了问他的身体，身体尚好，虽然患过两次脑出血，但所幸并无大碍。我看钟老还是比较壮实的，思维敏捷，语言幽默，一口近于我们在电影故事片里听过的毛泽东说的湖南话。于是我们就海阔天空地闲聊起来。谈话中得知，钟老目前正在忙着编他的文集。说起我在深圳，钟老竟然在深圳还有几个年轻的朋友，而与我也都是朋友，如姜威、胡洪侠、姚峥华、吴筠，和不久前拜访过他的韩磊。提起姜威，老人很是感慨。姜威是深圳有名的藏书家，风流倜傥、豪爽仗义，且文采出众，可惜英年早逝！他说姜威对他很好，有一年知道他在广州，专门开车把他接到深圳，陪了他好几天。然后我们又说起鲁迅，说起周作人及其后人。我赶忙问了一下周作人儿子周丰一的情况。钟老告诉我周丰一后来在北京图书馆工作，跟他也有书信联系，他当年写给周作人的信，就是周丰一发现了又复印给他的。他编周作人的书，也是经周丰一同意了的。说起李锐，他说他们习惯于叫他"老社长"，但当年在报社时他和李锐并不熟。直至后来，他们各自落难，等到重新恢复工作，李锐还记得钟叔河这个人，并帮助钟老把他落难时流落到内蒙古的女儿落实政策调回了长沙。由于两个人理念一致，所以后来过从甚密，李锐来长沙，总要叫人通知他见面说话，并请他吃过几次饭。钟老不爱外出，但只要到北京，也总要去看李锐。如今，李锐给他写的字就挂在墙上。当然，我们也说起了当下和现实，对中国社会的未来，钟老还是充满了信心。

钟老正直磊落，高洁不改。在岳麓书社当总编辑时，湖南一位高官想出一本自己的诗集，先是叫秘书用专车来约钟叔河。钟老说有什么事直接给他打电话就行了。于是这位官员打来了

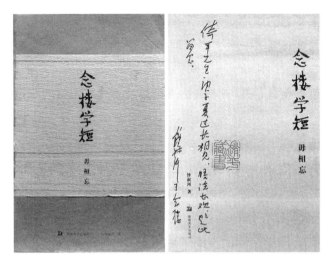

左图:《念楼学短》书影
右图:《念楼学短》扉页作者题字

电话,钟老说:"岳麓书社只出古人的书和死人的书,你的诗写得好,我也没有办法出。"回绝了。他是一个做实事、求实效,淡泊名利、不务虚名的人,不愿意参加一些徒有其名的社会活动,即使得了出版界最高荣誉"韬奋奖",他也给女儿开玩笑说:"他们说我厕所洗得干净,给了我一个'淘粪'奖。"

钟老不但是出版家,也是学者、作家。他对"走向世界"丛书的校订、每一本所写的洞见深刻、观念现代的评传序文,已足见他学问的功底和学识的高标。他后来的五册《念楼学短》,对古籍的选取和解读以及评论,妙不可言。百岁老人杨绛先生在序言中说它"选题好,翻译的白话好,注释好,批语好,读了能增广学识,读来又趣味无穷",正是肯綮之言。而钟老又发愿说要让书价便宜,让学生买得起(因为这本书的古文最初就是为他四个外孙女所选的),这正体现了一个作者的良心。他的十几本文集,或序跋、或随笔、或书信,更是恣肆汪洋,随手拈来。胡洪侠主持《深圳商报》的"文化广场"时,刊登过钟老很多文章,当时就读得我不能自已。他的书一旦翻开即难以释卷,如饮醇醪,让人沉醉其中,不能自拔。这次在深圳手头只有《念楼学短》,我就拿出来请钟老签字,钟老不但在每一本上都签了名,而且还在《毋相忘》这一册的扉页上写下:"倚平先生庚子夏过长相见,晤谈甚欢,题此留念。钟叔河于念楼",又在《逝者如斯》这一册上题下:"青山遮不住,毕竟东流去,赵倚平先生属题。庚子,钟叔河",这正是与书名契合的辞句,可见老人之用心。题签之时,他扬起头来对我说:书中的"念楼曰"是有自己的想法在里边的。这个我在阅读时早就注意到了,自然十分会意。签完书,他又起身去房间,拿出两本浙江古籍出版社出版的《钟叔河书信初集》,分别题赠给我夫妻和迭戈兄。让我脸红的是,我奉上自己赠给老人的书,钟老打开一看,说我把他的姓写错了。我是用小楷给老人写的繁体字,结果把老人的"锺"写成了"鐘",我顿时很懵,连声说:"那怎么办?"正当我手足无措之际,钟老反而宽慰我说,不要紧!很多人都把他的姓写错了,这都是简化字的原因。

看看已经占用了钟老一个下午的时间,我们赶紧告辞出来。迭戈兄感慨地说:"钟老居然把五本都给你签了!"我心里也是很高兴。

这次回家,因为照顾父亲,待了四个月。家里还有钟老的一些书,像《偶然集》等。我又从孔夫子旧书网上,买来钟老的六本书,计划着返回深圳时再去拜望钟老,再请他签名。十一月中旬,返回深圳时又到长沙,十一月十四日下午,又在迭戈兄的陪同下,叩开了念楼的大门。钟老还是午休刚起,这时已深秋,钟老边穿外衣边走出来,我们依旧在客厅落座,又闲谈了起来。我问钟老,"念楼"除了二十楼即"廿楼"之外,还有别的含义吗?钟老说，最初就是"廿"的换一种写法，没有别的含义。但我后来看钟老的《念楼说》一文，其实在最初命名之时，在他心中，也有"念"字比"廿"更为可取的想法。我也向钟老请教为什么二十世纪二三十年代知识分子基本整体"左转"的问题，钟老根据自身的经历，给我做了自己的解答。眼看天色将晚，我拿出书来，我们一起移步钟老的书房，请他签名。钟老在九本书上都题款签名，钟老在江苏凤凰文艺出版社出的《念楼随笔》扉页签道："赵倚平先生，万卷纵观当具眼，放翁句，叔河录奉"。在海豚出版社出的《记得青山那一边》上，写下了他的一首旧作：

> 记得青山那一边，初飞蛱蝶映清涟。
> 可怜茵梦湖中水，不照人间五十年。

后面署："庚子，叔河"。钤"念楼"印。

刚才谈话中，迭戈兄和钟老曾谈起钟老最近出的一本新书，钟老说那是给小孩子们选编的读经典的一本书。我还未曾与闻，故不知其详。这时，钟老拿出两本来，分别送给我和迭戈。因为是他所送，所以签上"钟叔河奉"，在签的时候，他还特意给我讲了这个意思。

我们依依不舍地告别了念楼，心中忽然有了几个感想：觉得我之爱读钟老，恰如他之爱读周作人；他曾目李锐为中国读书人的良心，而我认为他亦是中国读书人的良心；他把杨绛比作国宝，在我看来，他也是中国不可多得的国宝之一。

回来翻开钟老所赠《给孩子读经典》，同样是打开就放不下，而且在听过钟老说话之后，虽然心里念的是书上的字，但耳朵里响的却似乎是钟老的声音。试看序言中的最后一段："所以我

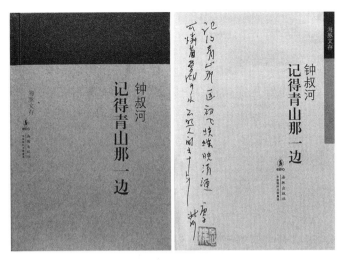

左图:《记得青山那一边》书影

右图:《记得青山那一边》扉页作者题字

说,给孩子读经典,行——只要能够用现代的观点、态度和方法,就一定能行。"再看对"子曰:'三军可夺帅也,匹夫不可夺志也'"的解读:"孔子道:'三军司令的指挥权,是能够被剥夺的;人的思想和意志,即使是一个普通的人,只要他有自信,能坚持,那也是无法剥夺,夺不走的。'"这就是钟老说话的语气啊!

二

回到深圳,我又发现钟老的一些重要著作我还没有,或者以前竟没有注意到,如中华书局出版的《走向世界——近代知识分子考察西方的历史》、岳麓书社出版的走向世界丛书叙论集《从东方到西方》,于是从孔夫子旧书网上买了回来。前一本书,是铁岭市图书馆的藏书,不知怎么到了孔网出售;而后一本书,不知最初是谁的藏书,书中有勾画的痕迹,一些生僻字还用钢笔做了注释。在书后的空白页上，写有一篇类似于"读后记"的文字：

二〇〇三年六月二十日晨读竟。

没有做过详细比较，仅文字本书较《走向世界——近代知识分子考察西方的历史》九万余，篇目多了两篇。钟氏文字简约、流畅，无废言赘语，叙述精当，不卑、不亢，有大家之严谨，可为写作之范。在叙论别人作品时，亦有对文字的评价，可见其修养及为文之取向。

这些文字是用钢笔写的，但却是从右到左竖写而成。字迹工整沉稳，兼及内容，似是一位有学养的老先生所为。但该书并无签名，就不知出自谁的手笔了。但对这本书的评价，却是言简意赅，说得很不错。

其时，微言先生主持的道南书院已经开始运作，一直邀我去看，我抽空去了一趟。在参观书院像一堵墙又一堵墙的藏书时，一眼看到了我以前曾经见到而没有买的钟老笺释的《儿童杂事诗笺释》，抽出来说：这本书好，过去看到没有买。微言则大方地说，那送给你吧！我说不能夺人之爱呀，他说没有关系。我就想，正好要寄书给钟老签名，就把书纳入囊中。回来后，又从书架上翻到钟老责编的《知堂杂诗抄》，于是我就写了封信，把这几本书一起寄给了钟老，求他签名。书寄出后，许久未见消息，我担心是否寄丢，就给钟老打了一个电话询问。钟老电话中说，签名没有问题，但最近身体不好，他又没有助手帮忙，所以书一时未寄。我说我原来以为那个保姆可能会做这些事，但钟老说这些事都是他亲自做，没有让保姆插手，怕她做不好。我赶紧说我不是催促，打电话主要是看书收到没有，往回寄不着急。

但我不久又看到钟老一本《与之言集》，又买了下来。一看，原来是一本访谈录，是若干年中报刊杂志采访钟老的一个集成，可以从更多侧面了解钟老。但签名的事，心想等以后有机会再说。但就在这个当口，忽见微信上有二〇二〇年底嘉德拍卖周作人手稿的消息，题目耸人听闻："四十一篇周作人晚年手稿首度现世，香港资深报人罗孚深藏逾半个世纪……"看其目录，许多文章都没有发表过。心想钟老那么喜欢周作人，这里边没有发表过的文章他是否不曾见过（因为其说"首度现世"呀！其实后来想，人家说的是手稿"首度现世"），而钟老又不用微信，我就赶紧让一个朋友打印出来，寄给钟老去看，也就顺带寄去了《与之言集》。我在信中跟他说，上次的书如果还没寄，就把这本到时候跟上次的一起寄，如果寄了，这本书就先不急着寄给我，等身体和时间允许时再说。

我真的不知道，钟老的身体情况比较严重——眼底出血，因为是慢性病，又不让住院，还得跑医院打针。而我这样做实际是给老人增加了压力。钟老收到这次的邮件后，就叫来一家快递公司把书寄了。然后给我打了一个电话告知，在电话里我才知道他的病情和要跑医院的事情，心里很是歉疚。钟老电话中说：第二本书收到后，他想我可能急着要书，于是就赶紧寄了。他说周作人的那些文章，他都见过，已经编进他当年编的周作人的文集里了。他说，因为眼疾的原因，书签了字，但信没法写。他还说，人老了，力不从心了，你到了这个年龄就会有体会了。我则为自己给老人带来的负担内疚了很久。

钟老寄来的书是在大年三十下午收到的，可当新年的第一份礼物。他在他的著作上题了"赵倚平君，请批评指教"。他编的书上题了"正编"，在笺释的书上题了"正笺"，而在《与之言集》

上，钟老题道："倚平君应是可与言人也，故为题记，以作纪念。庚子冬，钟叔河"。钟老这番话是有含义在里边的。他在该书的序言中，引用《论语》里的话"不可与言而与之言，失言"，说自己曾因两大失言罹祸。而把我作为"可与言人"，是钟老对我的信任和褒奖。

二〇二一年九月，我又回家照看老父，此次过永州而未经长沙。九月二十八日，忽见微信群里有朱正先生和戴女士在医院病床边跟钟老的合影，钟老半卧在病床上，插着氧气，但神态安详。图片的文字说："钟先生已转危为安，正在康复中。"我大吃一惊，急询迭戈，得知老人又一次中风，但已无生命危险。方放下一点心来。紧接着是国庆假期，迭戈来西北旅游，途经西安，我略尽地主之谊。再问迭戈钟老情况，他说与钟老通过电话，这次中风比上两次影响大一些，影响到左半身手脚。钟老还电话托他购书，他回去要去送书并看望老人家。我便修书一封，带去我的问候。还有两篇复印给他的资料。因我在西安又淘到一本钟老的散文集《大托铺的笑话》，就也托迭戈带去，在钟老能够签名时签个名。迭戈回去后，到医院看望钟老，给钟老送去代购的书，呈上我的信，并拍了钟老在病床看信的照片给我。这次迭戈写了详细的记录，说钟老左腿恢复很快，但左手仍不听使唤。钟老在医院备有笔及写字的垫板，右手写字没有问题。果然，他又发来老人给我签书的照片，钟老的右手背还贴着打点滴的胶布，在一个写字板上为我签书，让我十分感动。这次，钟老给我题签的是："人生重意气，功名安足论。赵倚平先生，辛丑重阳后二日，锺叔河。"

衷心的祈愿老人家早日康复！

二〇二一年二月、二〇二一年十月补充

蓝英年先生签书的机缘

　　我注意到蓝英年先生，是在二十世纪九十年代。我从《随笔》《读书》等杂志上，陆续看到蓝先生写苏联文学和苏联作家的文章，很吸引我，让我为苏联作家惨遭政治迫害、被流放、监禁或死于非命的命运而感叹唏嘘、痛心疾首。对于读蓝先生文章的感受，恰如王春瑜先生在为蓝先生的大著《苦味酒》所作的"跋"中所说："他关于前苏联文学的介绍、反思，观点新颖，有些文章读后，颇有如梦方醒之感。文笔清新，绝无高头讲章之嫌。""这在很大程度上，是得力于他精通俄文，苏联解体后，档案解密，他充分利用了档案材料，写出了一篇又一篇正本清源、还历史真相的文章，故能使人耳目一新。"这也正是我喜欢他的文章的原因。

　　后来我才了解到，蓝英年先生身出名门，他父亲蓝公武先生早年留学日本，后加入光复会，参加辛亥革命。时人曾称他和张君劢、黄远庸为梁启超门下的"三少年"。一九四五年夏他到晋察冀解放区，任察哈尔省人民政府教育厅厅长、华北人民政府副主席等职。一九四九年后任最高人民检察署副检察长，曾是第一届全国人大常委会委员。一九四八年毛泽东在河北陈南庄时，致信邀请并派车接蓝公武到陈南庄住了七天，每天同他一起用餐，对他礼遇甚隆。蓝英年先生也就是在一九四五年跟随父

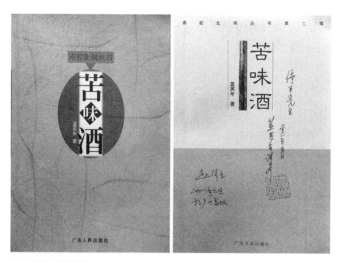

左图：《苦味酒》书影

右图：《苦味酒》扉页作者题字

亲到达晋察冀，并在一九四七年石家庄解放时参加了工作，那时他才十四岁。后来蓝英年先生进入中国人民大学学习，主攻俄语。毕业后在北京俄语学院、山东大学外语系任教，后又在北京师范大学苏联文学研究所指导研究生。一九八九年赴苏联讲学两年，得以更近距离地接触和了解到苏联文学的情况。

蓝先生以前主要是作学术研究和翻译。有评论认为，他开创了俄罗斯文学研究的新范式，把国别文学研究与文化研究结合起来，被誉为俄罗斯文学研究的"蓝英年现象"。蓝先生思想解放、视野开阔，对中俄中苏文学现象和文学关系有着深刻的反思和独到的见解。他曾评论说："斯大林时代官方承认的作品大多数是虚假的，一种虚假的东西能够影响这么多读者，我认为这其中存在着很大的历史悲剧性"，"现在回头看，了解斯大林时代一些作品产生的真实背景，觉得他们的文学创作对中国的影响也是悲剧性的,有很荒唐的东西在里面"。蓝先生的研究,正是拨开历史的重重迷雾,向我们展现了一种让人心悸的苦涩和荒诞。除了研究,蓝先生的翻译也是卓有成效,先后出版了十五部译著。随笔的写作是他离休以后的事情,缘起是他认识了翻译家董乐山先生,董先生就自己对苏联文学的一些困惑请教于蓝先生,蓝先生讲述了这其中为人所不知的情况,让董先生眼界大开,疑团得以解决。董先生认为,蓝先生可以根据自己现已掌握的材料,用随笔这种自由的形式,把俄罗斯文学特别是苏联时期苏俄文学的真实情况写出来,以正视听,这对于长期受正经框框束缚的中国读者来说,是会大有裨益的。于是他极力鼓动蓝先生动笔,并向《读书》杂志推荐,为他开辟了"寻梦者说"这一专栏。而蓝先生一写就不可收拾,自一九九三年离休以后,写出来不少这类文章,广受读者欢迎。

如前所述,我自从看了蓝先生的文章,便处处留心。一九九九年,买到他的大著《寻梦者说》,后又买到《被现实撞碎的生命之舟》,二〇〇一年元旦,我去广州,在广州书城看见他的《苦味酒》,也赶紧买下来。这些书就成为我珍藏的书。因为跟蓝先生根本没有交集的可能,所以也不曾有过能让他在这些书上签名的奢念。但是,机缘却说来就来。在二〇二〇年深圳读书月活动中,我认识了深圳大学吴俊忠教授,吴教授在深大任过很多职务,其中一个是城市文化研究所所长,现在还兼任深圳公共管理教育培训学院名师工作室首席专家。他的一本书《读懂深圳——四十年四十个视点》和我的一本散文集《深夜记》都获得该年"读者喜爱的好书",我们在一起领奖,领完奖也就散了。今年五月中旬,我们又因为福田图书馆"一间书房读书会"举行姜维勇先生的《视野——深圳四十年掠影》的读书分享而再次相见。也是因缘际会，其间有朋友说起我的所谓"书法"，吴教授说，他们最近要给老师祝寿，拟好了贺词正要找人写一下，那就请我来写，并说不急，他十八号去北京前写好就行。会后，吴老师用微信发来一段文字："敬贺蓝英年先生米寿：大家风范，学界翘楚。学生吴俊忠、李正荣、吴泽霖同贺，二〇二一年五月二十一日"，并发给我一个示范的格式。我收到后眼前一亮，原来吴教授是蓝先生的高足啊，他们是要给蓝先生祝寿！赶快问吴教授，方知他在一九八四年考取了北京师范大学苏联文学研究所的比较文学与世界文学研究生，导师就是蓝英年先生。怪不得他的简介上说他"长期从事俄罗斯文学、文学鉴赏与深圳文化研究"。我赶紧写好了字，并出于对蓝先生的敬仰，又写了一幅自己祝寿的话："何止于米，相期于茶。"然后跟吴教授商议，烦请他去北京给蓝先生祝寿时，把我买的蓝先生的书带上，请蓝先生为我签名。吴教授爽快地答应了。

因为《被现实撞碎的生命之舟》与《寻梦者说》有很多内容相同的篇幅，我当年把前者有而后者没有的文章复印下来，就把《被现实撞碎的生命之舟》带回了西安，所以手头就只有《寻梦者说》和《苦味酒》两本。吴教授把这两本带去以后，蓝英年先生不但在这两本上签了名，而且还送给我他的另外两本书：《冷月葬诗魂》和《长河流月去无声》，也一样题款签名钤印。这样，我就拥有了蓝先生四本签名本。心里还是很有些得意与满足的。

二〇二一年五月三十一日

鲁迅成了我们的共同语言

——林贤治先生的签名书

　　我最早知道林贤治先生,是始于他和邵燕祥先生编的一本丛书《散文与人》。该书一打眼就吸引了我,因为封面书名是集的鲁迅的字,且用了一幅美国肯特的木刻,浅灰底色,这都是我喜欢的。翻开内容,更都是我想看的文章——皆相关于人、人的生存状况、人的精神和人的命运。我毫不犹豫地买了下来。这本书编于一九九三年二月,出版于一九九三年六月,我购之于一九九三年十二月十日深圳的华强南路新华书店,当时是我客居深圳不到半年。之后我很关注这套丛书,于一九九四年三月三十日在新华书店红岭路门市部买到了"二集"(此两店现已不复存在)。但后来在深圳却不再碰见此书,因为"五集"竟然是在广州购书中心买到的。但这之后,我又陆续买到了他与邵先生主编的《宿命的召唤》(一)和他主编的《读书之旅》(一、二)以及他和筱敏主编的《人文随笔》(也只买到二、五,即二〇〇五夏之卷和二〇〇六春之卷)。虽后来留心遍寻,这几套书却始终未能补齐。

　　从编者选编这些书的眼光,我知道林贤治先生是一个关注社会、关注人生、关注知识分子的学者,而他的关注点也正是我所感兴趣的。所以对林贤治的文章著作,便格外留意起来。他前期的作品买不到,但后来的著作几乎被我一网打尽。如漓江

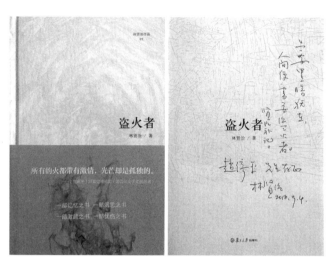

左图:《盗火者》书影
右图:《盗火者》扉页作者题字

出版社出版的"林贤治作品系列"《五四之魂》《中国新诗五十年》《中国散文五十年》《午夜的幽光》《夜听潮集》,广西师范大学出版社出版的《纸上的声音》《反抗者鲁迅》《一个人的爱与死》,复旦大学出版社出版的"林贤治作品"丛书《盗火者》《她们》《远去的人》《世纪流向》《文学与自由》《书的身世》六本,另外还有《旷代的忧伤》《孤独的异邦人》《人间鲁迅》《鲁迅的最后十年》,以及他主编的花城出版社出版的"人文经典"丛书六册。读这些书,让我惊讶于林先生的勤奋与多产,沉浸于他的优美的文笔,更敬佩于他的独立观点、自由思想和批判精神。他学识渊博、视域宽阔,"立足当下而取道迂远,笔涉政治、历史、文化、哲学和文学"诸领域,"其中有重大事件的记述,有珍贵史料的钩沉,有社会世相的显彰,有私人记忆的重现,有古今人物的素描,有中西书籍的评介……"他喜欢使用随笔这种形式写作,因为他认为随笔文

书香手泽暖

体自由，宜于思想的发挥，也适合于抒情。在作品中，他往往打通时空的界限，寻绎诸多事象的关联，因此多有独到的发现，创见迭出。比如对风行一时的"告别革命"论不以为然，认为它是一个伪命题。林先生不光是学者，同时还是诗人，所以他的文字凝练、犀利、深邃，文气流贯，别开生面。读他的书是痛快的，其理想主义、道义感、深沉的激情往往使人拍案叫好。

林先生在花城出版社供职，基本上是家里单位两点一线，所以平常不带手机。在与林先生会面之前，一直和他通过邮件联系，偶尔打一下办公室座机。广州虽近，我却疏于走动，直到二〇一二年三月十五日，我才动念专程去拜访林先生。既去，就想把广州的几位老师都拜见一下，于是约了鄢烈山先生、萧蔚彬先生等。去前打电话和林老师沟通了一下，说想请他一起吃晚饭，似乎觉得他答应了。我把这话电告鄢先生，他很惊讶地说你真

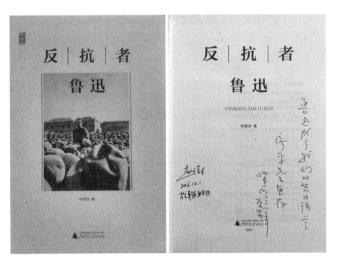

左图：《反抗者鲁迅》书影
右图：《反抗者鲁迅》扉页作者题字

鲁迅成了我们的共同语言

厉害,能请林贤治出来吃饭,他是不出来吃饭的！鄢老师的话让我一时犹豫不定,是不是我在电话中没有把话说清楚。当天下午到花城出版社林老师的办公室,与他天南海北地散聊至晚,我说我们一起去吃饭,果然他坚辞不去,我方信鄢老师所言非虚。我想,他不用手机,不轻易应酬,大概就是鲁迅先生说的"把别人喝咖啡的时间都用来工作和学习"了吧,所以才有大著一本本地推出。那天我还向林先生请教了一些出版方面的问题,并背了不少他的书让他签名。之后几年,又多次延续这种办公室聊天的方式,就很多问题向林先生进行请教,听他讲述一些睿智的观点。今年九月四日,我与一位朋友一起去广州,先去参观了向往已久、二十多年来几次都未能拜谒得成的中山大学白云楼鲁迅纪念馆,下午再去林先生办公室漫谈,这次同样新买了他的一些书请他题签。林先生与我都喜欢和崇敬鲁迅,他在《反抗者鲁迅》这本书上题下:

鲁迅成了我们的共同语言

倚平先生惠存

贤治

二〇一八年九月四日

在《盗火者》这本书上,他依旧是只签了名,应我要求,他又在上面题了一句话:

只要黑暗犹在,

人间便需要盗火者。

贤治补记

二〇一八年九月四日

这些珍贵的赠言,写在书上,留在心里。

只是谦和雍睦，自然到处皆春

——谢泳先生的赠书

算了一下，与谢泳先生来往已有七八年时间了。二〇一〇年间，看到谢泳的《杂书过眼录》和《靠不住的历史：杂书过眼录二集》，买来放在枕边，断断续续地看。当读到其中一篇《旧英文辞典》和《关于〈英话注解〉》后附的《谢泳藏 1949 年前汉英辞典目录》，竟多达三十三本。于是忽然想到家父也有几本一九四九年前出版的英汉辞典，且我带来深圳的就有一部，很小、很袖珍，于是找出来对照，这本辞典的名字是《CENTURY ENGLISH-CHINESE DICTIONARY》（《英汉四用辞典》），出版于一九四七年。咖啡色硬皮面，出版者是谁，因为封面封底都没有标出，只在书脊的下方有，但因年代久远，只能模模糊糊看到"启明"还是"开明"（估计后边还应有"书店"或"书局"两个字）。因为谢泳曾在文章中表示："将来如果见的再多一些，也许可以写出一册英文教科书中国编纂小史一类的书来，或者还可以写一册中国英文辞典编纂小史，那也是非常有趣的事。"便觉得有必要把这本辞典的基本情况补录下来，以供谢先生或有志于撰写中国英文辞典编纂小史的人参考。于是写了一篇短文寄给他。不久，就收到谢泳兄寄来他的两本大著《书生的困境——中国现代知识分子问题简论》和《储安平与〈观察〉》，他在书上题道："倚平先生指正。谢泳，二○一一年六月厦大中文系。"

谢泳是研究中国现代知识分子的著名学者。他早期对《观察》周刊和储安平的研究，具有开创性的意义。他辛勤搜求了许多鲜为人知的珍贵史料，在此基础上进行了深入细致的挖掘，写了一系列论文和学术性随笔。后来又进行西南联大和中国自由知识分子问题的研究，中国上百位现代知识分子几乎都在他的视野之内。他的著述因之也很丰厚，学术建树也引人瞩目。我最早是二○○○年五月在北京万圣书园买到他的《逝去的年代：中国自由知识分子的命运》，因为我对二十世纪知识分子的命运也很关注，所以对他的书便产生了浓厚的兴趣。之后，又买了他的《往事重思量：杂书过眼录三集》《清华三才子》等。在学术研究方面，谢泳有自己的独到的学术眼光和见解，他既谨慎，又严谨。比如对历史的研究，他主张先从资料下手，这样会更容易看到真实的情况。对于材料的应用，他说："我一向的看法是历史学者，从直接文献中看出有用的材料并不高明，因为谁都会找直接的材料，特别是在网络时代。有趣的历史研究，应当是在看似不相关的文献中，发现有用的史料。"他还说，"回忆录是不大靠得住的，因为人的记忆是靠不住的，更何况还有先入为主的判断在其中。所以研究历史，回忆录至多只可做一般的材料来使用，在没有其他旁证的情况下，是不能当真的。"他认为，"传记不如年谱，年谱不如日记，日记又不如第一手的档案"。而当某个人物有了年谱长编以后，如果再写他的传记，重心就需要转移。因为这个时候再来叙述他一生的事业，意义就非常有限。他认为对中国知识分子用"激进"或者"保守"等西方概念来评价，总是稍嫌简单，他判断说："人生价值以及更远的理想极难成为特殊时期中国知识分子人生的坚定目标，在现实利益中漂移，是他们基本的生存形态。"他在研究中非常注重细节,从发黄的旧报刊书籍中爬梳剔抉、慧眼独具地发现通向历史真实的路向。他认为,历史在事后观察,很多细小的事都可以在逻辑上与后来的政治和特殊人物发生关系。所以,"在已有的基础上增加一点东西,哪怕是一条史料,一个角度或者一条线索,有增量就有意义。"看谢泳的书,感觉到的总是从容、平实、沉稳和简约,并为他的新的见解和发现而折服,被他深沉的思想所感染。

二〇一二年九月,他应南方都市报之邀来深圳作了一次有关大学教育问题的讲座,我们得以初次见面。我想久别家乡,就请他去一个地道山西餐馆一起吃饭,并约来晋东南等山西朋友作陪,他吃后说:"果然地道。"这次顺便也让他在另外几本书上签了名。二〇一三年我办《面点视界》杂志太原专题,除主要在太原约稿外,我想一定要谢泳为我写篇文章,他写来了《米面》一文。后来我要出一本杂文集,求他写几句推介语,他也很快写来。暌违许久之后,谢泳前不久又来深圳。我们见面不仅是喝酒聊天,还有一个重要内容就是签书。这次他带来了新著,当代学人精品谢泳卷的《历史的趣味》。我又带去几本他的书让他签名盖章(图章是我事先请他带来的)。他应我之请,在《清华三才子》上题句:

只是谦和雍睦,自然到处皆春

——录先正格言

倚平吾兄指正

谢泳

二〇一八年十月深圳

在我另外买的一本《储安平与〈观察〉》上,他题道:

> 这是我研究《观察》周刊和储安平最早的工作。倚平兄携旧著见面,令我感动。
>
> 谢泳
>
> 二○一八年十月深圳

而在《历史的趣味》这本新书上,他本来已签了名,但我之前看到他为龚令民先生题过一段话,觉得很好,就让他也给我题到书上,他于是又写下:

> 历史学家必须提防的事情之一,是任由胜利者垄断后人叙述历史的权力。
>
> 倚平兄嘱书
>
> 谢泳
>
> 二○一八年十月

谢泳因为学术研究的赫然成果,二○○七年被厦门大学破格聘请为人文学院教授,他以师专毕业而成为大学教授,厦大此举颇有当年北大之风。而谢泳的学术研究便不再是业余而成为专业,职业和兴趣成为一体,是人生的一大幸事。但看谢泳后来在忆及往事时写道:“忽又节外生枝,旋即宠辱并感,生性虽然豁达,心境未免凄凉。”似乎还有故事,但我未及细问。

谢泳在一本书的后记中有段话:“我以为人在青年时代的文字工作如果选择不当,可能会浪费不少的时间和精力,至少我有过这样的遭遇。……一般来说,文字工作,传记可作,掌故笔记

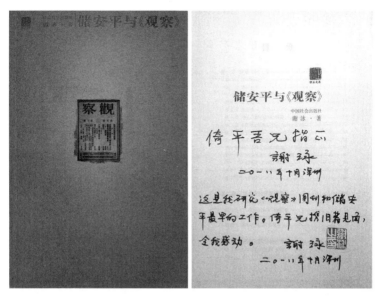

左图:《储安平与〈观察〉》书影

右图:《储安平与〈观察〉》扉页作者题字

可写,史料能搜集,地方文献可整理。此外的文字工作,就要非常谨慎,选择不好,一世努力,可能留不下什么痕迹。"直看得我冷汗涔涔,我悲哀地想,我可能属于这后一种。

二〇一八年十月十六日

(原载《书屋》二〇二〇年第十期)

只是谦和雍睦,自然到处皆春

沾沾他的光

——杨争光先生的签名书

一

我与杨争光都是陕西人，而且在西安这个城市生活了几年，但却没有在西安相识。想想应该是有见面的机会的：我一九八三年进入陕西省委党校进修，他一九八四年从天津市政协调入陕西省政协；我一九八七年毕业后留校做校报编辑，他一九八七年参与创办陕西政协报；而且，我有不少同学分到陕西省政协机关工作，我也会时不时到政协去遛遛；并且，我还在政协报上发表过杂文几篇。一九八九年，他离开省政协去了西安电影制片厂当专业编剧，西影和党校都在南郊，距离更近。据他后来说，那时他在报纸上看到过我的文章。而他更是大名鼎鼎，对我来说如雷贯耳。但可惜我们没有交集。只是隐约有个印象，不知是在政协还是在西影，有次有个个子瘦长的人走过去后，马治权对我说："那就是杨争光。"但因事先并未留意，印象非常模糊。

我一九九二年来深圳之后，一九九三年又去了海南，之后再来深圳。他一九九九年年底来深圳到深圳市文联工作，离我的工作单位近在咫尺，我偶尔还会到文联去一下。但我们见面已是在二〇〇四年三月八日，记得那天王樽说聚一下，并说杨争光也在。我就去了，而且带去了他的几本书请他签名。那是第一

左图:《从两个蛋开始》书影
右图:《从两个蛋开始》衬页作者题字

次见面认识。杨争光也慨叹在西安居然没有相互认识。在我带来的书上,杨争光在《鬼地上的月光》上写道:"你能保存这本书,让我意外,也使我感动。"因为这本书由北京师范大学出版社一九九三年出版,是谢冕主编的"新中国五星创作文库"之一,是他当时最新的中短篇小说选集,已经出版十多年了;《老旦是一棵树》是一九九八年陕西旅游出版社的"中国当代名家作品精选"之一,他题词幽默了一下:"这本书是五味子花钱买的,不是我送的,特此声明。"《从两个蛋开始》是二〇〇三年刚出的新版本,我在上年底购于深圳书城,杨争光可能觉得新书应该由他来送,所以题道:"让您花钱买这本书,很不好意思,本该送你一本的。也罢,相信这本书能使你有些许愉悦,权作补偿。争光记于二〇〇四年三月八日。"

从此与杨争光渐熟,他是一个很直率开朗的人,名气很大但从来"不装"，不摆架子，不故作高深，很容易成为朋友。杨争光有不同的朋友圈子，我们这个圈子里有几个走得近的朋友：王樽，电影评论家；崔建明，深圳碟王，藏碟五万张，每次见面都会带一批新影碟分送大家。以上两位对电影如数家珍。李松璋，诗人、作家，又是书刊装帧设计大师兼出版家，还是书画家；黄啸，著名的美女作家，写文章行云流水，用语奇隽，出手极快，一气呵成，不过现已远嫁新西兰……大家经常一起聚餐、聊天，当然杨争光是核心，多是听他聊，聊诗歌、小说、电影、文学现象，无所不聊，兴之所至，他还会唱一支陕北民歌，吼几段秦腔。通过聊天会深深感到杨争光知识的全面，学养的深厚，更重要的是见解的深刻。这不枉他在山东大学那几年读的书。他从陕西乾县农村出来上学，那是刚刚恢复高考的一九七八年，每个人都很困难，尤其是农村的小孩。杨争光在大学几年买最便宜的牙膏，抽廉价的劣质烟草，关中农村黑粗布棉袄一直穿到毕业，但如他在去学校的火车上写的一句诗："此去山东讨经纶"。在校期间，杨争光没有虚度时光，每周从图书馆借一摞书回来，他的"满腹经纶"就是这样来的（当然还有日后的继续学习）。

杨争光的小说，不但故事精彩有趣，语言生动活泼，而且内涵厚重深刻，深入了社会、人性的肌理。有人评论他是一个思想型的小说家，信然！纵观当代作家对一九四九年之后中国社会几十年变迁的描写，我觉得两本书最值得称道，一本是余华的《许三观卖血记》，一本就是杨争光的《从两个蛋开始》。只不过余华是通过一个城镇的家庭来表现，而杨争光是通过农村一个村庄来表现。余华只写到改革开放，而杨争光还要延后几年。这两本书时间跨度都很大，但都极其真实地反映了这些年在中国大地上发生的事情，是可以当历史来读的小说。他的中短篇小说也是风格独特,个性鲜明,像《棺材铺》《黑风景》的冷峻,《老旦是一棵树》的奇异,《公羊串门》的精致……这几年最引人瞩目的新著长篇小说《少年张冲六章》、中篇小说《驴队来到奉先畤》,继续把深刻的批判精神用艺术的形式表现得淋漓尽致。前一部他以深广的忧思,通过少年张冲的成长轨迹认识到:"我们是我们孩子生长的土壤,我们的孩子是他们的孩子生长的土壤。"所以再一次发出了鲁迅当年"救救孩子"的呼喊。而后一部,则以一则看似荒诞的故事,深刻揭露了人的自私和内斗、侥幸和苟安、敷衍和偷生,以及逆来顺受,一盘散沙,可以说直抵人性的深处。并且他的小说画面感很强,读来就有相应的画面在脑海浮现。不知这是得益于他后来当了影视编剧之功,还是影视编剧之所以这么成功是因为早就有小说的基础在,反正总是相得益彰吧!近年他陆续出版了第一本诗集《屋檐水》,首部杨争光自荐中短篇小说集《棺材铺》,杨争光电影文学剧本精选《双旗镇刀客》,随笔集《行走的灵魂》,十卷本的《杨争光文集》,自传体的《杨争光文字岁月》以及他的书法集《察古观今》等,当然,他都签名送给了我。他的小说也远渡重洋,二〇〇四年有塞尔维亚文版《杨争光中篇小说集》出版,二〇〇七年有法文版《老旦是一棵树》出版,二〇一七年英文版《老旦是一棵树》出版。后面这本书,他也送了我一本,且还有译者胡宗峰教授、英籍专家罗宾吉尔班克博士和贺龙平先生的签名。

二

二〇一〇年年底,我又得到杨争光一本稀有且珍贵的书——书法线装本小说《公羊串门》,值得专门说一下。

《公羊串门》是杨争光最经典的短篇小说之一。写的是王满

左图：《公羊串门》书影
右图：《公羊串门》衬页作者题字

胜家的种羊一不小心溜到邻居胡安全家的羊圈里串了一回门，给胡安全正在寻羔的母羊配了一次种。但胡安全却以王满胜家的羊是自己主动跑上门为由，拒绝出配种费。还耍赖皮说：我家的母羊让你家的公羊弄了，我还得掏钱？人家会笑话我！由此，展开了一系列啼笑皆非的故事。故事的发展实在出人意料，峰回路转，柳暗花明，引人入胜，且文字精练优美，意趣盎然。正因为乃是绝妙之小说，故入了"色香味居"主人的法眼。

"色香味居"主人，乃是从哈尔滨闯荡深圳并供职于特区媒体的姜威。姜威为人爽朗洒脱，真诚豪放，嗜书如命，家藏万卷，才华横溢，好友遍天下，身上具足了中国传统文人的品性，堪比晋的阮籍和宋的苏轼。且看他的挚友至交胡洪侠的描述："其人交游广阔，南北通吃，尤喜和文化老人交接，与风流才子为伍，随兴开席，呼朋唤友，吟诗诵文，每每通宵达旦。其文长短不拘，庄谐并出,说男道女,忽而为老先生护驾,忽而为新城市代言,常出惊人之语,铸成自家面目。"其情状可见一斑。他当年在坂田万科第五园买了两栋别墅,并把它们打通,辟二楼整层作为自己的书房,命之为"色香味居"。他庋藏丰富,有很多珍本善本,偌大的空间,满墙满柜都是多年间他从大江南北搜罗的各种各样的书。他不但读书,爱书,藏书,后来又自己做书。这本线装本且用毛笔书写印成的《公羊串门》就是他做的"色香味居文库"里的"色香味居文丛"之一。

为什么做这套书,亦善书法的姜威在用毛笔写的《色香味居文丛缘起》中,这样表述:"色香味居只是一间私人书房的雅号,期间既无宋版元椠,亦鲜珍本秘籍。然而无数奇妙美文,星罗棋布,散落于万卷,默存于一隅,仿佛一粒粒孤独的珍珠,有待知音扣响。若稍加理董,贯而串之,或可成为荧炳灿然之项链,获得全新价值。因此乃有编印本文丛之意愿,大抵少数人有需要,而坊间难觅其踪迹。复深投编者兴趣的文字,即是入选文丛之标准。版本形态,或线装或精装,乃视文章品格决定。至于印数,线装上限三百,精装不过五百,意在提示有缘庋藏此套文丛之同道,对于存世无多之字纸,稍存敬惜之心耳。色香味居主人识于己丑初秋。"这部书由香港大道出版社二〇〇九年十月出版,限量三百部,出版人为李松璋。

我得到这本书,是在该书刊印一年多后。记得二〇一〇年十二月二十七日,深圳已是秋尾初冬时光,我和杨争光、李松璋、崔建明、王樽等一众人等晚饭后驱车去姜威府上,也是听说他前一阵因病住院(不明原因的胸肋痛),大家想去看看他。去后姜威精神很好,似乎疼痛减轻,大家也就放心,天南海北的乱聊。姜威拿了这本书给我,我即刻眼前一亮。书是大本的线装,深蓝封面，书签用黄缎，毛笔字"公羊串门"，印刷体"杨争光撰"，象鼻和书根亦有"公羊串门"四字，页码在版心。内文全由陕西书法家张重庆先生用毛笔书写，潇洒优美，每句有红圈作为句逗，黄色花纹的缎面函套。我感觉好特别，暗赞姜威真是出手不凡！我马上让杨争光在书上签名，争光即在扉页上写道："五味子兄存赏，杨争光，庚寅冬至前二日"。我又让姜威也签名，姜威写道："为争光兄争点光，姜威。"并钤了一枚"水流花开"的闲章。松璋也在最后一页题道："争光兄的公羊串了一回门，就让弟兄们聚到了一起，快亦哉！庚寅年冬月，松璋记。"这本精美的线装书我十分宝爱，想想还缺少书写者张重庆先生的签名，二〇一三年初秋，暑热还未消退，我把书带回西安，杨争光带我去书院门张重庆工作室，请张先生签名。张先生当时右手有疾，不便写字，杨争光说："你看人家把书都从深圳背回来了！"张先生勉为其难地签上大名，缀上"癸巳秋"，并盖印。于是这本珍贵的书功德完满。

值得一说的是，那次去见姜威，实际上他已身染重疾，肺部的肿瘤已在浸润他的肌体，损害他的健康，但很多医院都没有发现，他被误诊了！不久我惊闻了他在香港确诊肺癌晚期的消息，再去看他，已在化疗之中，不过精神和情绪还好，聊的仍然是读书和藏书，他还拿出前不久得的珍本给我们看。想姜威在少年时即因伤瘫痪六年，在病床上遍读诗书，打下非常好的古文底子，后来竟奇迹般地从病床上站了起来，我仍盼奇迹在他身上再现。不意几个月后，他病情突然恶化，于四十八岁的壮年病逝，真是天妒英才，令人痛惜不已！而这类书少了像姜威这样有才情有情怀肯投资的书痴，恐怕再没几人能弄或肯弄了。而书写者张重庆先生，也于前些年突发疾病，溘然长逝。因此，这部书更显得珍贵无比！

　　杨争光是一个几副笔墨的跨界人物，年轻时曾有十年当诗人的经历，参加过一九八五年在贵州举办的第五届青春诗会，后来改写小说，之后又当编剧，他编剧的电影《双旗镇刀客》开西部武侠电影类型片先河，获国际大奖，电视连续剧《水浒》成为经典，担任总策划的电视连续剧《激情燃烧的岁月》家喻户晓，他的书法亦不让大家……由此可见杨争光才情的丰富。西北大学博导周燕芬教授说，他已然变成了发光体，照自己也照别人。诚哉斯言，那么，我们就跟着他沾点光吧！

二〇一九年三月

士不可以不弘毅

——辛德勇先生的签名书

　　二○一九年五月,汉代海昏侯刘贺墓出土文物在深圳博物馆展出。因为辛德勇先生对其有过深入研究,并出版了第一部有关海昏侯及其时代的学术研究专著《海昏侯刘贺》,所以深圳博物馆请他来做了一次讲座。讲座之前,朋友微言先生把辛教授请到他的家里,先期进行小型讲座和签书,通知我去。我就带着小孩一起去听。微言是湖南人,青年才俊,瘦长的个子,消瘦的脸,留着长长的头发,他在深圳赚够了钱,然后三十多岁就早早把自己搞退休了,专心在家读书。他热爱传统文化,买了满屋子的关于古典方面的书籍,而且让自己的小女儿背诵唐诗、宋词、论语、史记,还练习书法。他在湖南时曾经当过老师,所以又在家里开办了一个国学班,教一些小孩子学习古典文化,带他们游学。这次请辛教授来,就是在他家的客厅搞这个活动。我去了,满屋的学国学的小孩、家长,还有像我这样的微言的一些朋友。因为夏天天热,辛教授就坐在客厅,很随意地穿着 T 恤短裤拖鞋,跟大家讲了一会儿海昏侯的事情。我已在"五一"期间看过这个展览,因此听得很有感受。我还就刘贺死后体内的香瓜子,问过辛教授一个问题。因为教授下午还有活动,所以短短讲完后,开始给大家签书。这次他签给我两本书。一本《海昏侯刘贺》，一本《那些书和那些人》，另外给女儿签了一本《石室滕言》。我回来即看了其中《补正项羽北上救赵所经停之安阳》《补谈所谓"匆匆不暇草书"》《北齐乐陵王暨王妃斛律氏墓志与百年太子命案本末》和《哪儿来一个欧阳修？》一下子就被他的文字所征服，看似枯燥的学术论证的文字，在他的笔下，却生动灵活，充满了感染力。听说辛教授仅公众号的粉丝就有七万多，从此我也"沦"为了一个辛粉。

辛教授是一九五九年生人，今年刚过花甲。但他看起来还很年轻，虽然曾经患过一次脑梗死，但没有留下什么严重的后遗症。听说他经常游泳、健身，在北大校园光着膀子骑自行车锻炼，朝气蓬勃。他当年考大学时很想学文科，但却被录取到了哈尔滨师范大学地理系，这是一个理科专业，不合他的心意。但也就是这个专业，给他后来的学术发展，奠定了基础。严密精准的逻辑思维训练，使他受益无穷。后来，他又受业于陕西师范大学的著名历史地理学家史念海教授，在史念海先生门下读取了硕士和博士学位。并同时得到黄永年先生的悉心教导，视同入室弟子，由此旁涉版本目录学和碑刻学等。学成后，他在陕西师大任教四年，于一九九二年北上京师，到中国社科院历史研究所工作，担任过副所长等职。二〇〇四年，又调到北大历史系，担任历史地理学和历史文献学两个方面的研究和教学工作。但辛教授是一个在学术上并不"安分"的人，他无意拘守于历史地理学一隅，而是像一个独行侠一样，纵横在地理学史、政治史、学术史、印刷史和目录学、版本学、年代学、碑刻学以及古代天文历法等诸多领域。从上古延展到近代，正因为这样一种旁逸，扩大了他的学术视野，使他在学术上的见识更高于固守一个专业的研究者，解决了不少前人未能解决的艰深疑难的问题，取得了学界瞩目的建树。至今,他各方面的论著有二十多种之多,真所谓厚积薄发,同时代的学者很少有人能够比肩。

二〇二一年一月九日,辛德勇教授又来到深圳。这次,微言已经在龙华建起了非常像样的"道南书院",辛教授要在这里作一个题为"由所谓《李训墓志》谈谈我的石刻研究"的讲座,并全国首发三联出版社为他新出的一函六本的读书随笔集。微言在微信发了消息,还特意电话给我。得知辛教授来,我当然很高兴,九日下午赶到书院,这时,主持人胡洪侠等朋友也都在这里恭候。稍后,辛教授满脸笑容地出现在大家面前,有人为他献了一束鲜花,辛教授与大家在"道南书院"的牌匾下留影。然后,进入讲座时间。辛教授口才极好,但还是开玩笑地说,到了这个书院,有点胆怯,所以特地让微言开了一瓶干白葡萄酒壮胆。在讲的过程中,还真的不时抿上一口。他带了一个讲稿,但并没有看。他侃侃而谈,讲了他怎么进入金石碑刻领域,对学术界的门户之见进行了言辞犀利的抨击,然后才谈到他认为所谓《李训墓志》是一个假墓志的理由。之后回答了听众一些问题,有的问题甚至还很尖锐,他都耐心地一一予以解答。讲座完毕,以辛教授的书作奖品进行了抽奖。然后由微言宣布这套书全国首发,辛教授开玩笑地说:"说宇宙首发也行。"大家都笑了。之后,进入签售环节,大家排队请辛教授签名。我之前买了广东人民出版社出版的《当代学人精品辛德勇卷》,现场又买了他的新书及一本《制造汉武帝》,辛教授一一签字,在《读史与治史》与《当代学人精品辛德勇卷》这两本书上,应我的要求,辛教授分别题了"读书得见之一隅之见。二〇二一年元月九日德勇为赵倚平先生记敝书之文义","士不可以不弘毅。二〇二一年元月九日德勇于深圳为赵倚平先生题"。他的字写得很好,但总是谦虚说他不会写字。后来我才得知,"士不可以不弘毅"这句话与他母校——哈尔滨师范大学后来的校训"弘毅致远"暗合。在母校七十周年校庆的致辞上,辛教授的标题就是"积学正身,弘毅致远",他说母校校训里"弘毅致远"这四个字,应是取自《论语》中"士不可以不弘毅,任重而道远"这句话。并引用了朱熹对这句话的注解:"非弘不能胜其重,非毅无以致其远。"我觉得,辛教授就是他们学校培养出来的一个弘毅致远的典范。

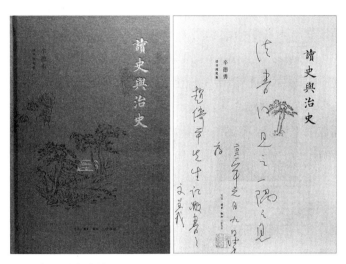

左图:《读史与治史》书影

右图:《读史与治史》扉页作者题字

活动结束,我们一起在书院共进自助晚餐并海阔天空地闲聊。他挺能喝酒,这时更显得风趣幽默,甚至顽皮,他讲了很多他所经历的有趣的事情,不时引得笑声满堂。说起燕京学堂的旧事,他还讲了其中很多不为人知的故事。他所关心的不光是他的学问、学校、学生,他还关注社会,常为道义发声。人们说知识分子是社会的良心,这一点也体现在了辛教授身上。说起他的名字,他说,姓不能变,中间的一个字是因为他这一辈是"德"字辈,也不能动,所以他爸给他取的名字就是"勇"。这个"勇"字,却确实有点像他的性格,耿直、勇敢。当今社会,教授很多,但真有学问的教授并不多,站在台前的有些是沽名钓誉之辈;而有学问又有良知的教授更是凤毛麟角。这恰恰是辛教授让我敬佩的地方。看《当代学人精品辛德勇卷》书的腰封上他的像,穿着竖领黑衣戴一副墨镜,坚毅的下颚,四十五度角俯视,那形象不是文质彬彬的学者而像一个路见不平见义勇为的飒爽的侠士。"士不可以不弘毅"这句实在是非常贴切。我趁机问他,在西安十年,可否爱上了西安美食羊肉泡馍?辛教授说,实在对不起西安人民,他因为从小不爱吃羊肉,所以也不爱吃羊肉泡馍。我说那肉夹馍呢?他说也不喜欢,原因竟然是:"我们做学问的,喜欢分类,把肉和饼两种东西搞到一起,我不喜欢。"说得大家也笑了。但说到凉皮,他却说超级喜欢,为此还受到别人的讥讽,说那都是女孩子吃的东西。就此又说起他在西安求学之时,因为没有钱,有时候买了书,还得饿肚子,有时候没有钱搭车,就步行回学校。

现在江湖上,辛教授还有一个绰号"辛神"。我好奇地问这是怎么回事?他说这是网上大家叫出来的,他并不以为荣也不以为忤。当然我理解这是粉丝们的一种昵称。然而也有人说这是知识分子的自恋与自负和读者的谄媚。辛教授也知道这些议论,但他不以为然,说这就是个外号,就像有人叫你王八蛋一样,没有必要计较。不过"辛神"确实很神,他的公众号,更新极快,而且都是他自己操作,甚至剪辑视频这样的事。我还请教了他一个问题："欧阳脩的'脩'我们以后到底应当怎样写？写成'欧阳脩'会不会有人说这是不是那个大家都知道的'欧阳修'或者说怎么又出来了一个'欧阳脩'？"辛教授认为，人家他爸爸好不容易给取了一个名字，为什么不按他爸爸取得名字叫？凭什么给人家另改一个名字？然后又说，这种情况出现的原因是明代铜字印刷时大概为了刻字简便而随意改的，所以清末的学者叶德辉说："明人刻书而书亡。"并进而又讲了印刷史上的一些问题。和他说话，可以感受到他学问的渊博，随时都有知识点。

快到地铁停运的时间了，我和辛教授拥抱分别。微言说还会再请辛教授来讲天文和历法，那么我们就期待着下次的相见。还有一些我从网上订的"辛神"的书还在路上，下一次还有很多本要他签名呢。

二〇二一年一月十一日

旧书不厌百回读

——徐雁先生的赠书

我真是孤陋寡闻，几年前连读书界大名鼎鼎的徐雁老师都不知道。直至二〇一六年读书月活动中，在王绍培兄新书《书游记》的讨论会上，才知道了徐老师并见到他本人，而且加了他的微信。说来惭愧，这大概就是因为我只知读书而不关心读书界的动态或者说自己就不算一个真正读书人的缘故吧！

徐雁先生是南京大学教授、著名学者、中国阅读学研究会名誉会长、中国图书馆学会阅读推广委员会副主任。他常年不辞辛苦地奔走于东西南北，大力提倡读书，在阅读推广界素有"北王南徐"之说，"北王"是北大知名学者王余光，"南徐"，即徐雁先生。二〇一八年春，他荣获"全国阅读十佳推广人"称号，这对他来说，是当之无愧的。

据我了解，徐雁先生最早也只是一个读书人，他出身于三代书香家庭，从小就热爱读书，他的藏书亦让人称羡，雅号"雁斋"的书房藏书达一万五千多册。后来，他渐渐地由读书、藏书而走向阅读推广，他说："这是一个从'小我'走向'大我'的过程，从个人的爱好慢慢变为承担一种阅读推广的社会责任。"于是，他走进城市、乡村、大学、中学、书店、社区、图书馆、读书活动和书展活动现场，与广大读者互动交流，推动阅读的普及。他竭力倡导的阅读理念就是"最是书香能致远",他也常以此作为讲座的标题,给读者介绍新的阅读观念,启发大家的读书热情。比如,他着力引荐高希均先生的"新读书主义"——改变自己的"读书心态",不为应付考试、应付就业而读书,减少读书的"强迫性"、读无用之书、读闲书,通过全方位的读书,使自己、家人和朋友,成为一个全方位的现代人。针对知识爆炸时代人们面对浩如烟海的书籍,往往不知道阅读从何下手的问题,徐雁给出明确的指导意见,这就是读经典。他说,挑书最懒的办法就是读经典,因为经典经受了时间的考验,而且要精读,通过精读,才能深入地挖掘到作者在字里行间所要表达的智慧,并真正获得知识上的教益和思想上的启迪。他还很看重阅读传记,认为传记可以了解一个人的历史,他整个生命的起承转合,并认识到每一个人都是历史长河的一个点,他的生命是继承下来,又要传承下去的,会起到感恩生命的教育意义。而且阅读传记还有励志壮怀的作用,可以从传主逆境中奋斗的经历汲取面对挫折的精神力量。他还非常看重家庭氛围对孩子阅读的影响,认为身教大于言传,呼吁家长重视"亲子阅读",营造书香家庭,使孩子从小养成读书的习惯,从而终身受益。至于读书技巧,他还说,也不是非得要把一本书一定从头到尾一字不落地读完,翻开目录,可以先拣让你心动的题目来读,所谓"一见钟情"之谓也。至于读书的时间,他认为随时随地都可阅读,并不是一定要有一个整块的时间才能读书。这让我想起那次徐老师回南京以后,我将拙著《五味字》寄他,之后打电话问他是否收到,他说:"收到了,正好出差,就带着这本书在火车上看。"由此可见徐老师读书正是利用一切可以利用的时间。

徐雁先生不但推广阅读,而且有许多著述,像《藏书与读书》

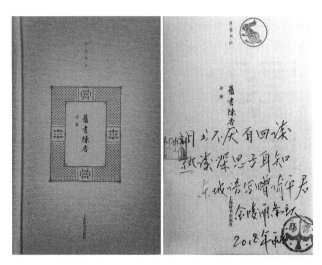

左图:《旧书陈香》书影
右图:《旧书陈香》扉页作者题字

《故纸犹香》《雁斋书事录》《纸老,书未黄》《旧书陈香》等。我偶然在网上看到他的《旧书陈香》的书影,但不知道具体内容,心想肯定是与旧书有关,因我自己也一直有写一个"旧书新读"系列这样的念头,便很想借鉴一下徐老师这本书,于是在孔夫子等网站去搜,结果已经无货,我只好在微信上与徐老师联系,问他手头还有无此书?徐老师回话说他十一月要来深圳参加读书月活动,到时候给我带来。我自然很是高兴,并请徐老师题一段话在书上。十一月三日,徐老师到坪山出席坪山读书月揭幕并演讲,我赶紧过去聆听了他的精彩讲座并得到他的赠书。原来还是一本小三十二开的精装本,红皮,类似于布面,精致漂亮,上海辞书出版社二〇一三年出版。徐老师在书的扉页上题道:

旧书不厌百回读，

熟读深思子自知。

东坡语写赠倚平君

金陵雁斋主人

二〇一八年秋

并钤有"秋禾"、"徐雁"和一枚兔子的印。"秋禾"是徐老师的笔名，兔子，敢情是徐老师的生肖？

徐老师讲座话音刚落，便匆匆与大家告别。原来他又要赶往机场去宁波参加"二〇一八年宁波书展"的活动。这让我想起曾经看到的一个报道：今年七月，现代快报记者要采访他，徐老师便把采访地点约在铁路沿线附近，采访结束，他就风尘仆仆地赶往火车站，要去射阳进行全民阅读推广活动。看来，徐老师如此行色匆匆已经是家常便饭了。有一次在微信上与他说起这事，我给他说了我的感受，我以前最崇敬的有两种人，一是教师，一是医生。现在觉得像他这种不遗余力地推广阅读的人，也当划进我崇敬的人中。因为在当下中国，这也是功德无量的一件事情！

二〇一八年十一月四日

二〇四九年的中国会怎样

——温元凯教授签《中国的大趋势：温元凯谈改革》

三十多年前，当我还在中共陕西省委党校学习马列理论的时候，中国改革开放的大潮已经风起云涌。当时有两本书引人注目，一本是世界著名未来学家阿尔温·托夫勒的《第三次浪潮》，另一本就是温元凯教授的《中国的大趋势：温元凯谈改革》。

温元凯在二十世纪八十年代是改革的风云人物（一九八八年曾被评为中国改革十大风云人物之一）。一九七七年八月，刚刚复出工作、主抓科技教育的国务院副总理邓小平亲自主持召开了一个科学和教育工作座谈会。参会的都是科学、教育界的老前辈，只有温元凯是以中国科技大学助教的身份参会，当时他才三十一岁。会上，温元凯发言指出当前教育界最重要的问题是恢复高考，并提出十六个字方针"自愿报考，领导批准，严格考试，择优录取"，邓小平听完后立刻对他说："温元凯，至少采纳你四分之三。"大家当时都愣住了，什么叫四分之三？邓小平接着说："'领导批准'可以拿掉。"就这样，当年就以这个新的招生方针恢复了高考，成为中国进入一个新时代的标志性事件。同时，他还向邓小平提出了放开出国留学的建议，也被当场采纳。他也成为这个政策最早一批受益者。一九八〇年，温元凯前往法国巴黎大学进行量子生物学研究。走出国门，他被中国与世界巨大的差距所震撼,他认识到,在中国,"不改革,不得了,不改革,'四化'就没有希望,现代化就会成为美丽的幻想,我们将会被工业发达国家越甩越远"。所以,一九八二年他回国后就向中央上书,呼吁进行教育体制的改革,并在中国科技大学化学教研室实施科技教育管理体制改革的试点,还创办了最早的校办公司,用科技为经济服务,取得了引人瞩目的成果。因为化学方面的杰出成就,他也成为当时中国最年轻的教授。这一时期,他以极大的热情在全国各地数百个城市演讲,宣传新技术革命,宣传改革开放。一九八四年五月,温元凯在光明日报合肥记者站的支持下,在合肥筹备并召开了"新技术革命和体制改革讨论会",发出了我国企业改革的先声。也就在这一年,上海人民出版社出版了《中国的大趋势:温元凯谈改革》,此书一出,立即风靡全国,在经过十年思想禁锢之后的中国大地,形成了巨大的改革冲击波,成为改革的启蒙读物。在书的序言中,温教授说:"我原先是一个自然科学工作者,曾有机会被国家派往国外工作了两年多,并在欧美九国讲过学,作过学术访问,长期以来对祖国命运的思考,促使我把中国和当今世界各国作多方面、全方位的对比,经过和众多关心中国命运的朋友们的无数次热烈讨论,我进一步明确了方向,认识到中国要跻身于世界民族之林,必须改革。改革,是中国的当务之急!于是我回国后就从自己的工作单位开始,宣传改革,促进改革,实施改革,研究改革,推广改革,从微观到宏观,从经验到理论,从目前到将来,从个体到社会,就改革的问题做了一些探索,作了一些报告,谈了一些自己的见解。"温教授站在世界科学技术的前沿,又密切结合中国当时的实际,谈了新技术革命带来人类社会的新挑战以及世界经济发展的新趋势,谈了科技教育的改革,谈了观念的现代化,谈了改革需要什么样的人才，谈了新技术革命与创造，谈了社会改革，谈了法制（治）建设等等。几乎是全方位涉及到中国改革的方方面面。在谈到中国向现代化社会发展的具体战略目标时，温教授认为，一个国家要真正做到长治久安，就得依法治国。中国社会发展的具体战略方向是建立法制（"制"应为"治"，改革之初，人们对"法制"和"法治"这两个概念认识比较模糊，经常互相替代）社会和建立经济强国。这个观点，今天依旧成立。

因为此书内容有很多是他在一些地方所作的演讲和报告，所以读来深入浅出，引人入胜。我是一九八四年九月二十二日买到此书，还记得当年阅读时，给我深深的震撼和鼓舞，觉得温教授视野广阔，知识丰富，所论切中时弊，提出的改革的方向也非常可行，真是一个济世之才。二○一七年十二月，温教授南下深圳和东莞，一是出席"双城共生"文化产业峰会作主讲嘉宾，一

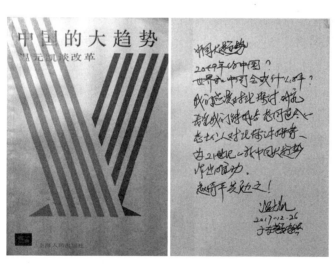

左图：《中国的大趋势：温元凯谈改革》书影

右图：《中国的大趋势：温元凯谈改革》衬页作者题字

是洽谈一个项目。蔡照光先生早就和温教授合作在深圳办过国际学校等，和温教授非常熟悉。他通知我一起去见一下温教授并陪他一起去东莞。要见到这位几十年前就让我十分仰慕的人，我非常兴奋，一早就赶到南山圣淘沙宾馆，照光和温教授他们已经坐在那里吃早餐。温教授个头不高，虽然七十多岁的人，还是一头黑发，精神饱满，目光锐利，言语亲切，和蔼随和。虽是第一次见面，几句交谈之下，我连一点局促生疏的感觉也没有，倒好像是很熟悉的人在一起一样。饭毕，我们开车去东莞长安。一路上很高兴地聊天，敞开心怀谈各种问题。到达论坛地点以后，因为我们来得早了一些，我便拿出我当年买的《中国的大趋势：温元凯谈改革》请温教授签名。温教授看到他的旧作，很是高兴。欣然在书的环衬上题道：

中国大趋势

二〇四九年的中国？

世界和中国会成什么样？

我们应该对此探讨，研究，希望我们能团结志同道合的志士仁人对此探讨探索，为二十一世纪的新中国大趋势作出推动。

赵倚平共勉之！

温元凯

二〇一七年十二月二十四日

于东莞长安镇

签完，温教授又把这段话给我念了一遍。看着这位睿智的长者，我一时间深深地被感动了，不禁肃然起敬。温教授虽然早已转型成为了经济学家、金融投资专家,进入商海,但他仍怀抱一颗赤子之心,仍然具有世界眼光,仍然是前瞻的目光,仍然关注中国社会的进步。在我们大家仍然讨论当今中国的现实的时候,温教授在同时还想到了二〇四九年的中国,也就是说是从一九四九年以后一百年的中国。温教授后来给我说,在一九七八年的全国科学大会上,他作为化学家获得了优秀科研成果奖,邓小平就对他讲:"温元凯,你可是我们这次代表中间最年轻的。你到了我这个年龄一定要做出更大的贡献,否则要打棍子。"这句话对他的勉励很大,使他四十年来一直关心国家大事,一直关心国家的发展,始终愿意为国家建言,希望中国的改革能够得到进一步发展。

温教授在这本书的序言中还有一段话:"改革是当前亿万中国人,从最高层领导到广大群众所关心、思考、议论、行动最多的问题,正在成为中国的大趋势。"中国"不改革,不得了"。我觉得,这段话至今还没有过时。

二〇一八年九月二十七日

(原载《温州读书报》二〇一九年二月)

师长·朋友·榜样

—— 商子雍先生的赠书

　　商子雍先生是我尊敬的老师之一。他是全国著名的杂文家，也是知名的文化学者。我与商老师的交往要上溯到二十世纪八十年代后期，那时我们一批从陕西省委党校刚刚毕业的同学，受全国改革浪潮的激励，又深感陕西的保守落后，为促进家乡的改革进程，成立了一个陕西省经济政治研究会，我充当秘书长。也记不清在什么场合认识了商老师，为壮大研究会的声势并得到他的指导，由我介绍，聘请商老师做了研究会的顾问，由此与商老师渐熟。那时我刚刚开始写一些杂文，而商老师已经是名满天下的杂文家。商老师供职的单位是《西安晚报》文艺部，我的一些杂文，经他编辑，得以发表，因此，商老师对我是有栽培之恩的。

　　后来诸事不顺，我去了深圳，与商老师来往当然没有在西安那么近便，但当时研究会的副会长、在省政协主编《各界》杂志的马治权，却与商老师来往密切起来，所以商老师的消息，我总会通过他知道一些。有时回到西安，还会见面聚首。我对商老师的杂文，一直很关注，因为他的杂文，不时会从不同的报纸杂志上看到，而商老师对我一直也很关心。一九九七年我出第一本书《漂泊心绪》时，还请商老师为我写了序言。二〇一七年一月，我的新书《五味字》在西安小寨汉唐书店签售，尽管商老师那天还有别的活动，不能参加整场签售，但他还是在参加那个活动之前，冒寒赶来现场为我捧场助威，这是商老师对我的友谊，让我铭感！

商老师的杂文，有他鲜明的风格，就是反应及时敏捷，切入角度新颖，说理透彻明白，语言平实幽默。翻开他的杂文集，社会上的各种热点，各种话题，林林总总，包罗万象，都在他的笔下有所反应，真正像鲁迅说的"感应的神经，攻守的手足"，且文字量之大，是让我辈汗颜的。他的著作，我除了四卷本的《商子雍文集》没有外，二十世纪九十年代出版的《求是斋杂品》，二〇〇六年出版的《申酉杂品》，二〇〇九年出版的《戊子杂品》以及二〇一六年出版的《芸窗杂品》，商老师都送了我一本，且谦虚地签上"五味子小兄""赵倚平小兄"抑或"赵倚平小友正""赵倚平方家雅正"。《求是斋杂品》《申酉杂品》收入的是猴年和鸡年（即二〇〇四年和二〇〇五年）两年的杂文散文和文论，约三十万字；《戊子杂品》分上下两卷，是接着鸡年之后的狗年（二〇〇六年）、猪年（二〇〇七年）和鼠年（二〇〇八年）三年的杂文和随笔以及专栏文章。杂文以"激扬文字"为小标题；随笔以"信笔由情"为题，都收在上卷里，下卷其实可以另成一书，名为《纸上谈球》，若如此，相信比原书名更吸引眼球——这是他在足球世界杯、北京奥运会期间为天津《今晚报》、香港《大公报》以及西安地区的几家网络媒体写的专栏，还有他在世界杯落幕后，在广州《足球报》上开的一个《作家侃球》的专栏文章。这两卷，加起来又是五六十万字。后来他还编过一本《丑寅杂品》，但在出版过程中遇到了一些麻烦，而他又是一个最怕麻烦的人，因此作罢。但到二〇一六年，他又出版了二〇一一至二〇一四年文章的精选集《芸窗

左图:《求是斋杂品》书影

右图:《求是斋杂品》衬页作者题字

杂品》，又是三十六万字。他把他的文章称作是"一个微不足道的人发出的微弱而真诚的声音"，但是商老师并不是一个微不足道的人，因为他的文章对促进中国社会的进步有着很大的作用，而读商老师的这些作品，你能深深地感受到他的正直、热忱和一颗赤了之心，真诚，是没有水分的！在他的眼里，容不得沙子——那些丑恶的东西，尽管有时也会披着一件华丽的外衣，但商老师用他那支犀利的健笔，在不长的篇章里，一定让它露出马脚、现了原形。若问是什么样的信念和力量支持着他写出这么多爱憎分明的杂文，从下面的两段话，似可以窥见他的心声。商老师曾说，独裁专制可以迫使知识分子失语，物质享受也能诱惑知识分子媚俗，真正的知识分子必须战胜外来的压力和自身的贪欲这两个方面："也正是缘于此，翻看古今中外的历史，那些面对物质诱惑坚持独立思考、敢于大声说话的知识分子的形象才熠熠生辉,成为我效法的榜样,鼓舞和推动着我坚持以一己绵薄之力经年累月地去思考、去写作、去汇入时代前进的浪潮。"他还说:"中国是我们大家的中国,中国的好与不好,关系着我们每一个中国人的幸福与否。所以,为中国向着富强、民主、文明、和谐的美好境界大步前进而殚精竭虑,是我们每一个中国人义不容辞的责任。"答案已经昭然若揭——这就是他内心负有的使命感和责任感!

从鲁迅开始,写杂文的人就被塑造成金刚怒目式的人物。其实大谬不然,生活中的鲁迅就是一个很温文和蔼的人。你若与商老师见面,也会发现他是一个谦谦君子,温良兄长。他说话娓娓道来,不温不火,和蔼可亲,与他交谈如坐春风。我与商老师的友谊保持了三十多年,很是不易。想来,主要是心灵相通,价值观一致。在写作方面,他是我的老师,也是我的榜样。如今,年逾古稀的他,还在笔耕不辍,他说"我读书,我思考,我写作,我快乐",我祝福商老师,永葆思想的锐利,永葆精神的青春!

二〇一九年三月二日

少不读鲁迅，老不读胡适

——韩石山先生的签名书

　　以韩石山先生在文坛的名气，我本应该是从他的小说散文文学评论等方面来知道他才对。但很遗憾，我是一个不敢看小说的人——一看便放不下，万事俱废。而自己又在企业工作，不能耽误上班，所以你不能看一晚上小说，第二天上不了班或者上班昏昏沉沉。所以我在挣饭吃的那些年，与文坛是绝缘的。而韩石山先生不断在我脑海中加深印象的，却是来自一份深圳企业内刊《华安》。那时是陕西才女杨青在主办这份刊物，几乎每期都有韩石山先生的散文登在上面。我因也在企业主持内刊而且大家经常互相交流的缘故，总会看到韩先生的文章。韩先生的文章虽短，但篇篇都有意味，文采斐然，幽默有趣，我自然每篇都不放过。

　　与韩先生第一次见面，是大概二〇〇四年早春在深圳华侨城主办的一个全国杂文界"文化批评创新"座谈会上。当时来了不少全国杂文界的大腕儿，我记得有牧惠、蒋元明、鄢烈山、焦国标、黄一龙、刘成信、刘洪波，还有任芙康、朱大路、王芳等。韩先生也在其中。会上，我送给了韩先生一本我编的《鲁迅论中国社会改造》，韩先生饶有兴趣地翻阅，当看到后边的"索引"时，赞许地说："这才是做学问（的方法）。"会后的宴席上，我又恰与韩先生同桌且邻座，韩先生一脸北方人忠厚长者的相貌和谦谦君子的言谈举止，早让我和他拉近了距离，而他得知我是陕西人后，说："秦晋之好。"也似乎对我颇有好感。韩先生善饮，我就陪着他喝。之后留下通讯地址就告别了。

后来我才知道他于那个时期潜心于现代文学研究，且正在写《少不读鲁迅老不读胡适》。不久（二〇〇五年十月），这部大著由中国友谊出版公司出版。在这本书中，他把鲁迅和胡适进行了对比，进而发出了"新文化运动以来对鲁迅最不认同的声音"，我想这大概就是书中这样一个判断："中国若不打算走向现代化则罢，若打算走向现代化，又要在文化上选择一个从旧时代到新时代的传承式的人物，只能是胡适而不能是鲁迅"。而在这本书中，他在选取关于鲁迅社会理念的材料时，恰好就用上我送他的那本书（选取胡适社会理念的材料时，用的是李敖编的《胡适语粹》）。为什么要选用我这本书，韩先生在书中进行了说明："正好手边有本《鲁迅论中国社会改造》，是一位叫赵倚平的先生编的。赵先生在深圳某国家单位供职，编这样一本书，完全是他个人的爱好，并非受什么机构的委托。香港公元出版有限公司二〇〇一年十二月出版。也可以说是赵先生自己印制赠送朋友的。赵先生在书中一篇类似后记的文章中说，鲁迅一生都在致力于中国国民性的改造，然而鲁迅关于国民性改造的一个杰出思想，即作者说的'改造国民性，要有更激烈的主张'，却没有得到世人的重视。作者编选此书，就是为了弘扬鲁迅这一思想。也就是说，这是一本体现鲁迅社会理念的语录选编。"

是的，韩先生说的没错。这就是我编这本书的目的。然韩先生从他的角度出发，却得出了与我初衷相反的结论。他说：鲁迅"这样的社会理念，只能说是一个有良知的知识分子，对社会的正义感,对社会进步的最起码的认知。他的理念,没有超出一个旧时代的士人对社会的认知,所采用的方法,也是千百年来有志于社会改革的仁人志士的那一套,没有新的社会认知,也没有新的改造手段"。(当然是与胡适相比较而说的。)对于这个结论,我也没有办法,因为对一个问题,各人有其不同的解读,韩先生的分析,似也自有他自洽的道理。我们要尊重不同的观点,并在此基础上进行更深入的探讨,以明辨是非,才是解决学术问题的正确途径。(对于这本书中的观点和内容,有些是韩先生研究的心得,言人所未言,会让人深思,有些则我也有不同的看法,但不在此文论及范围,在此不说。)这之后我又有幸认识了房向东先生,他也是一位研究鲁迅的专家,有煌煌六大本关于鲁迅的巨著出版。他看到韩先生这本书后,于二○一一年写了一本大著《著名作家的胡言乱语——韩石山的鲁迅批判论》,于二○一六年题赠了我一本。有一年我去太原,请韩先生、介子平、鲁顺民、成向阳等人一起吃饭,席间说起房先生和这本书,韩先生说:"我们认识,还是朋友。书稿给我看过,我说争论可以,但不要骂人。"这大概就是房先生在后记中说的他后来出版时删去的"鸟人"之类的话吧!于是我心里也很惦记这本书,很想看看他与韩先生的思想交锋和学术论辩,但惜乎这两年杂事缠身,只看了袁良骏先生的序言和房先生的后记以及附录,正文至今还未过目。

我起初并不知道我编的这本小书竟然还引起韩先生的注目并被引用。是一个偶然的机会从网上得知,于是买到这本书和他的《徐志摩与陆小曼》《徐志摩传》,寄去请他签名,韩先生签名寄回书的同时,还给我寄来他的《韩石山文学书简》,并短简书信一封:

倚平先生：

深圳一别，忽忽两三年。写《少不读鲁迅老不读胡适》时，曾引用了您的《鲁迅论中国社会改造》一书。收到您寄来的让签名的三本书，很是惊奇，没想到您这么喜欢我的书。送您一本我的书简，但愿能喜欢。祝

文祺

韩石山

八月五日

后来，和韩老师不断有文字往还，并经常去博客上看一看他的新帖和动向。看到韩老师开始写书法。这期间，我还就与陕西韩城一河之隔的山西河津一带炼焦产生的空气污染跟韩老师交换过意见，还就"好整以暇"这个词的意思请教过他，他还寄给我他的《谁红跟谁急》。二〇一一年整理藏书时，看到过去买的一本陕西人民出版社出版的韩老师的《民国文人风骨》，便寄给韩老师让他签名。并修书一封，请他为我题写斋名。韩老师收到后，在书的环衬上用毛笔小楷写了下面一段话：

倚平先生雅好文艺，富于收藏，有著作多本行世。我写《少不读鲁迅老不读胡适》时曾参考过他的《鲁迅论中国社会改造》一书，日前寄来此书，嘱写数语，特写此语，以志情谊。

韩石山

二〇一一年十月廿三日

所记者，也正是此事。同时复一小简：

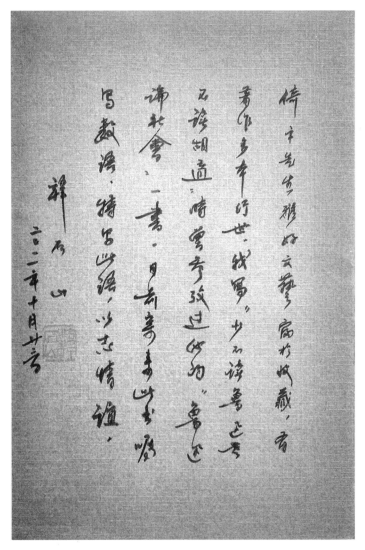

《民国文人风骨》衬页作者题字

倚平先生：

　　实在对不起，您的书寄来这么久，我竟没有及时题字寄回，主要是觉得，您写了那么情谊深厚的信，我也应当认真回复，凡事多是这样，一认真反倒拖下来了。再就是，我平时并不是常写毛笔字的，不管怎样，却要向您道歉。书斋名写了两张，选一送您吧。祝

　　文祺

韩石山

二○一一年十月廿五日

　　二○一六年，我忘记在哪里碰到一本韩老师的《文坛剑戟录》，于是赶快买下，寄去请他签名，韩老师又同时寄回我一本他的《装模作样浪迹文坛三十年》，这是中国作家自述丛书的一本，藉此可以了解韩老师前半生的足迹和事业，反正读韩老师的文字是一种享受，这么多濡染了韩老师手泽的书，正可以慢慢享受呢！

二○一八年九月三十日

　　补记：

　　近几年，韩老师时常住在北京他的儿子那里。这时我们已经互相加了微信，方便联系。二○一九年初，韩老师给我寄来了他刚刚出版的新著《边将》，这是一本小说，非常厚重，是以明代嘉靖年间为历史背景，以北疆某重镇为活动舞台，描写了一个边将家族几代人金戈铁马、爱恨情仇的故事。作品涉及了明代北部边境许多历史大事，也展示了北部边关的山川地理，风土人

情。我真没想到韩老师在古稀之年,还会倾力去写这样一篇巨著。在书中,韩老师还夹了一张诗笺,是用毛笔小楷写的一首绝句:"恶言秽语似狂飙,直欲送我枉死城。志在边将传后世,且教尔辈占时名。己亥,韩石山"。看来此书后面也还有啥故事。这年正月十二,我在西安淘书公社发现陕西人民出版社全新修订版的《少不读鲁迅老不读胡适》,就买了一本。在家里又发现老父也买了一本二〇一三年新印的《民国文人风骨》,就带到深圳,于当年秋天一起寄给韩老师签名。韩老师都用毛笔签名,其中一本的落款是"蒲州韩石山,己亥秋日"。随书还附了一个短简,仍是毛笔小楷所写:

> 今天是星期六,上午九时许,手机震动两下,显示快寄到小区妈妈驿站,我知道是倚平寄的书到了。其时正在刻一印,印文为"实乃浅薄之徒",刻罢发现刻反了。此致
> 倚平先生
>
> 　　　　　　韩石山
> 　　　　二〇一九年十月十九日

信上钤一名章,还把刻反的印也盖在上面。

二〇二一年二月八日

人生一如积木

——王祥夫先生的赠书

　　二〇一三年，我办一个美食杂志，要约山西的稿件，晋东南兄给我推荐王祥夫先生。我即向王老师约稿。很快，王老师掷来一篇《吃醋》，写得妙趣横生，把山西人好醋的特点描绘得惟妙惟肖。后来我要给他寄稿费，他说，那点稿费就算了。我说不行，钱不多，但谁拿都不合适。还是硬要到他的账号，把钱打了过去。

　　之后与王老师便有了交往。先是表示想得到王老师签名的书，王老师很快寄来了他的《衣食亦有禅》。这是一本很美的书，封面是喜庆的红色和牡丹花，中间有一白色的半圆，形状若碗，烫金的书名就在这白色的半圆中，碗上腾起的气体，上升变为祥云。书内有王老师幽默有趣的自画像、他的手札和他的画。后来我才知道，王老师自幼学画，功底深厚，技法不比任何一个画家差，但他腹有诗书，有学养的滋润，使他的画比纯粹画家的画多了书卷气和内涵。颜慧评说："其山水疏淡清逸，意境深邃，有宾虹之气象；虫草形神具备，趣味盎然，得白石之韵味。"诚哉斯言！但这些只不过是书的点缀，在这本书中，王老师用平实朴素的语言，不疾不徐，娓娓道来，向我们讲述了他在日常的衣食住行中对生活的感悟，文章写得趣味横生，跟他的画一样耐读耐看。只是王老师在签字时,不小心把"倚平"写成"依平",我提醒了一下,谁知他很快又寄来一本签了正确名字的,让我颇为意外和感动。

王老师是一个很勤奋自律的人,他一直以来都用"一日不作,一日不得食"这句话约束自己。据他说,每天起床后,他先写两幅字,然后喝茶吃点心,再画一幅画,这才洗漱收拾,之后开始写作。而"写作"在王老师那里是有特定含义的,就是小说。散文随笔并不在他的计划内,都是随意而为的。他给自己规定,每月都要完成一部小说,中篇或者短篇。一般来说,每个月的上半个月,他总是安安静静地在家里写小说,写完小说,到下半个月才会让自己放松,去会朋友,去喝酒,去到处"浪"(北方话"玩""逛"之意)。想一想,这样一年差不多就有十二部小说出来。这是什么样的成绩啊!所以这些年,王老师不断有新著问世。每有新书,他都会寄给深圳的几位朋友,厚圃、晋东南、郝小平、徐东和我。所以我便有了他签名的《以字下酒》《归来》《积木》《金属脖套》《劳动妇女王桂花》等。《以字下酒》和《衣食亦有禅》一样,是他的随笔集,衣食住行,天上地下,古今中外,洋洋洒洒,并插有他美不胜收的国画。读其文,有时会动心于他独到的感悟,有时则会会心的一笑。而后面几本,则全是他的短篇小说集。王老师不但写随笔、画国画,而且在小说创作方面更是成果累累,他的小说曾获鲁迅文学奖、赵树理文学奖、林斤澜短篇小说奖·杰出作家奖、《小说月报》百花奖、《上海文学》小说奖、滇池文学奖,并屡登"中国小说排行榜",有"中国的契诃夫""短篇小说之王"之称。我看过他的很多小说,写的几乎都是普通人普通事,似乎情节也不复杂,但这些普通人普通事,在他的笔下,却是那么引人入胜,那么富有感染力,你很快就被带进了小说的情景

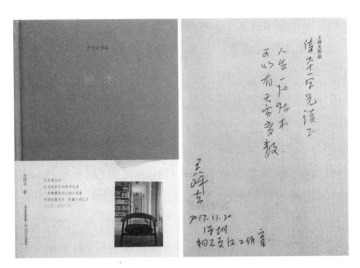

左图:《积木》书影
右图:《积木》衬页作者题字

之中,人物的思想、行为和对话是那么的合乎生活逻辑,入情入理,你似乎就在他们当中,和他们一起感受着小说描写的事件的冲击和折磨。每每看完一篇,我都会心生感动,回味良久。这大概就是王老师小说的魅力,他不只是给你讲一个故事,而是会通过这个故事,触动你的感情,打动你的心弦。我印象较深的有《看戏》《归来》《猪王》《端午》《婚宴》《爱人》以及获得第三届鲁迅文学奖的《上边》,无不如此,真是打心底佩服他高超的艺术手法。一次和王老师微信上说起这个话题,他说:"要以平等之心对待这个世界,这是根本。"还说:"短篇不是你写什么,而是怎么写的问题,是看技术的。""努力深入,努力精进,努力与生活不脱离。"我想,这大概就是一个杰出的小说家的写作秘辛。

　　后来王老师几次来深圳,我们一见如故,成了好朋友。大家一起喝酒、聊天,在厚圃家看他作画,非常开心。他性格豪爽,真率有趣,是那种"豪情一往剑可赠人"的人。他喜喝烈酒,尤其钟情于汾酒、西凤之类,对国酒茅台则不甚感冒,能陪他喝到底的还真是没有几个人,所以在深圳他可能不能尽兴。去年底他又来深圳开会,我接他去梧桐山杨争光工作室,他与杨争光早就认识,他们都是写小说的人。晚上,在杨争光工作室对面的农家乐里,我们一起吃陕西的一口香(面条),喝西凤酒,杨争光唱秦腔,王老师唱山西民歌,很是热闹。他说杨争光写的小说是硬汉小说,故那天我让他在《积木》上题词时,他写道:

倚平学兄读正

　　人生一如积木,

　　　可以有无穷变数。

　　　　　　　　王祥夫

　　　　　　二〇一七年十一月二十日

　　　　　　　　深圳

　　　　　　杨硬汉工作室

　　他第一本送给我的书上的字是这样签的:"倚平学弟"(这几个字在右上角),"王祥夫二〇一四年一月"则签在左下角,中间完全留白,这就是画家的布局,疏可走马。但那时因还未见面,他以为我小,故称"学弟",实际上我年长于他,所以现在就签为"学兄"了。

　　　　　　　　　　　二〇一八年十月七日

梦断香消四十年

——张扬先生题签《第二次握手》

　　张扬先生的小说《第二次握手》是在我们这一代人的感情和精神世界里发生过巨大影响的一部著作。在"文革"那个特殊的岁月中它先是以手抄本的形式流传,我就是在"文革"后期读过其油印本的。对当时精神上荒芜的我们,它就宛如一股甘泉和清流,滋润了我们干涸的心灵和荒芜的情感世界。

　　事后很多年我才知道这本书诞生的曲折过程和作者的坎坷命运。张扬先生是湖南人,有个舅舅在中国科学院工作,一九六三年,十九岁的张扬利用暑假去北京看望舅父,听到了一些科学家从海外归国的故事,深受感动。回来后,爱好文学的他,就写了一篇一万多字的歌颂科学家的短篇小说。一九六五年,张扬二十一岁,高中毕业,虽然门门课程优秀,但因为家庭成分的原因,不能继续升学,只好到三百里外的浏阳县大围山中岳人民公社插队落户。在偏僻的山村,劳动之余,百无聊赖的张扬于一九六七年把这篇小说改写为一部中篇,并取名《归来》。一九七〇年和一九七三年,他又把这本书重写了两次,因为每次写完,就被传抄出去,他自己也没有底稿。在传抄过程中,大约在一九七四年,北京某厂工人把书名改为《第二次握手》,这本书以这个书名的手抄本流传最广。在那个文化极度荒漠的时期,这本书之所以能够以地下手抄本的形式悄悄地流传全国，是因为书中不但写了爱国，而且写了人情、爱情，主人公也是一些知识分子。这个题材在那个要求文艺为工农兵服务的年代非常稀罕。

然而张扬的厄运也就从这里开始。一九七四年这个手抄本被北京市公安局发现，后成立了《第二次握手》专案组。张扬也被当地公安局于一九七五年一月七日逮捕。

张扬被捕后，虽身受磨难，但他拒不承认反党，只承认自己是写了一本小说。这样，在狱中直到"四人帮"倒台后的一九七八年。这时中国青年报已经复刊，每天有海量的群众来信，文艺

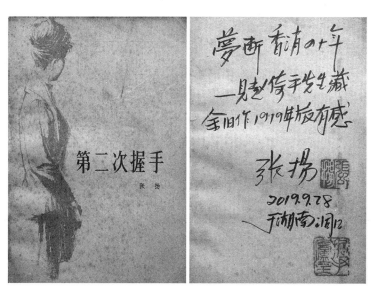

左图：《第二次握手》书影

右图：《第二次握手》衬页作者题字

部女编辑顾志成几天来连续看到好几封群众来信,认为手抄本《第二次握手》是一本好小说,过去因为传抄这本小说而被处分的团员应该予以平反。这些信激起了顾志成的好奇心,她终于辗转从同事手中得到了一本手抄本。看完之后,她认为群众来信说得很对,这是一本好小说。但为什么会被批为反动小说而受到处理?经过了解,她终于知道了事情的来龙去脉。在她的不懈努力和中青报、团中央和胡耀邦的支持下,挟当时拨乱反正之势,张扬终于得以平反。

一九七九年一月十八日下午,张扬终于走出监狱,但这时他已命在旦夕。出狱后三十小时,他的病情急剧恶化,被接到北京结核病医院救治。据给他做检查的医生说,张扬如果再关一个月,就是把华佗请来,也无药可治了。

之后,张扬根据一九七三年的稿子,在医院抱病修改《第二次握手》。中国青年报随即每天用四分之一的版面进行连载,引起了强烈的社会反响。由于张扬的平反,各地因传抄手抄本而受处分、或被开除团籍、甚至被关监狱的上千名青年也陆续得到了平反。后来,中国青年出版社在一九七九年七月出版了《第二次握手》。就是我现在手里这本泛黄的书。但我拿到的已经是四川人民出版社一九八〇年三月在重庆第三次印刷、三十二万八千册其中的一本。这本书曾以四百三十余万的总印数至今仍高居新时期当代长篇小说发行量之首,二〇一八年,曾经入选"感动共和国的五十本书"。张扬先生后来做了湖南省作家协会的名誉主席。

新世纪前后,我因为和张扬先生都在为萧蔚彬先生主持的《同舟共进》杂志写稿,得知了张扬先生的地址,便寄了一本我编的《鲁迅论中国社会改造》给他。不久,接到他写于二〇〇三年十二月八日下午的一封回信。信上说，他们全家于二月到浏阳定居，我给他的信和书是最近才从沈阳转去。我知道他的第二任妻子是沈阳人，在沈阳是一个很著名的律师，所以他后来在沈阳生活了一段时间，现在却又要到浏阳定居了。然后他说："我是《同舟共进》的老读者兼老作者，你以'五味子'为笔名写的文章，凡发在《同舟共进》的我都读过，得知作者的真姓名后，我将再读一次。"因为我寄了那本书给他，他又说："我自十岁开始读鲁迅的书，一生深受鲁迅影响，对鲁迅非常了解，也算有点'研究'。一九九九年至二〇〇二年历时三年编了一部《鲁迅语典》，收六千零四十条。十几家出版社都说是好书，但都因'市场'而不敢出（全书一百六十万字，太厚重，太专门）。我且搁着。待《握手》新版问世，有了闲，也有了钱，可能自费出版，我相信这样的出版也能大有'市场'，因为高层次人群并不那么少。中国人并不都沉迷于《还珠格格》。""谢谢你寄赠《鲁迅论中国社会改造》，尤其谢谢你能编这样的书！我将拜读，珍藏！"他还在信中告诉我，他正在重写《第二次握手》，估计明年夏天能够完成。大概同时酝酿要拍电视剧，所以张扬在信中说："希望你能看到这部新版，以及同名电视连续剧。"在信中他还"附上一张名片，留作纪念"。

我们通信时的这本《第二次握手》放在西安老家，而当时也没有很强烈的让作者在书上签名的念头，而且一忙，也不记得去看他的新书是否出版（二〇〇六年果然有新版的书，由人民文学出版社出版）。待有了让他签名的想法，我把书从西安拿到深圳，然后写信给他，却不知是信未收到还是什么原因，没有得到回音。这些年人们居住变动很大，我想如果收到信，张扬先生是不会不复的。就这样，我们失联了好多年。因为要写"我的签名本"这个专题，所以到了后来，让张扬先生签名的念头就很强烈。后来通过崔文川先生，我才又得以和张扬先生取得了联系，他告诉我了他的一些现状，说他最近又开始过流浪的生活。果然过了一段时间，他又到湖南洞口一个朋友那里去了，我就把书寄到洞口，请张扬先生题签，张扬先生在环衬上用遒劲的笔力题道：

梦断香消四十年——见赵倚平先生藏余旧作一九七九年版有感。

张扬

二〇一九年九月二十八日

于湖南洞口

钤有一枚名章和"握手庐主"的闲章——这大概是他的斋名吧！我还从微信上看到他虽然七十多岁了，但精神很好，还在画大幅的画，而且画也很好。

二〇一九年十二月四日

（原载《温州读书报》）

与命运和解

——孔见先生题签《海南岛传》

　　海南岛有个孔见，这我早就知道。一是海南跟我有点关系，我曾在一九八九年夏季到过海南求职，一个公司要我做办公室主任，但后来却因为我所在体制的原因泡汤。多少年以后我得知，我后来在深圳的朋友崔建明那时已到海南一年，王樽在我离开的晚一年也到海南，吴晓雅在一九九一年也去了海南。他们在海南都待了大约十年光景，那时就和孔见相熟，像崔建明，与孔见还曾是多年的同事。而一九九三年，我脱离体制，再度南下，经北海到海南彩虹大酒店工作。可惜这次工作时间较短，只有几个月时间，就又到了深圳落脚。也是后来才知道，几乎在同一年，陕西的著名作家和谷兄也到了海口。正是这个原因，我对海南还是有一些旧情，所以有时也关注海南事情。二是孔见——"一孔之见"名字的独特和他在文化界的知名度（著名作家，海南省作协主席，名刊《天涯》杂志社社长），使我一下子就记住了。而也是后来才知道，我的这些朋友也都是孔见的朋友，包括没有海南经历的李松璋、杨争光，以及在微信上交流的朋友、在海南工作的陕西老乡、作家张浩文。

　　前些年我在深圳办一个《面点视界》的刊物，二〇一六年有一期是做海口专题。这本刊物的重头栏目是"城说"，即以散文和随笔的形式阐述这个城市的人文历史和市民的文化性格，限于版面，要求一千五百字左右。写这样的文章非高手不行，我就请崔建明代向孔见约稿。不久，孔见写来了一篇《海口：是水口，也是火口》，三千多字，篇幅整整多了一倍。但孔见的文章写得实在太好，读来如椰风吹拂，酣畅淋漓，根本不容你删改也舍不得删改，于是我破例用了两篇文章的版面来刊载。这样就算与孔见有了一次交集。

若干年以后，孔见拿出了一本让读书界追捧的大著《海南岛传》，厚厚一本，近五十万字。这是一本对海南历史人文、风物特产精彩记述的书。时间跨度从远古直到今天（最近七十年在书中只用最后一节作了一个简要的概括），视野宏阔，脉络清晰，资料丰赡，取舍有度，论述精赅，文笔隽永。孔见先学历史，后治哲学，又长期从事文艺创作和媒体工作，有深厚学养和文学功底。这本书中，他从中国历史甚至世界历史的大背景中认识海南、观照海南，常常有思想上的独到创见和对历史本质的精准把握，处处显示着文化史和思想史的高度。书刚一面世，就获得如潮好评，评论界认为，孔见的这本书对如何写一个地区的人文历史，提供了一个可资学习的范本。

二〇二一年元旦这天，受"深圳晚八点"活动的邀请，孔见来到深圳，在深圳书城北台阶分享他的这本新书。他的老朋友王樽、李松璋夫妇、吴晓雅等都来到了现场，郝纪柳还带了一个录像机全程录像，但崔建明却因为有事未来。王樽早早通知了我，在王樽兄介绍下和孔见第一次见面。孔见中等偏上的个子，不胖不瘦，穿着一身中式的衣裳，人很谦和。这次照例是南翔老师作主持，然后就听他的分享。这时我才得知，孔见并不姓孔，他本名叫邢孔建，出生在海南乐东离海口最远的一个海边，孔见是他的笔名。他说,他的祖上是在周代被封在河北邢台那里,后就以地名为姓,后来不知道为什么祖上又到了海南,至今已经在海南生活了近九百年,到他这里已经是第二十七代了,家里有族谱可查。所以对他来说,他就是个土生土长的土著。他说:"我出生在海南岛这个事实,是影响我一生的。""从很早很早的时候起,我就意识到自己降生在一座岛上,它已经被腥咸的海水重重包围,承受着波浪永无休止的冲击,所有坚固的事物都已遁离,朝任何一个方向走去,最终遭遇的都是深渊与迷津。一种被遗弃的凄怆,一种远离依靠的孤独,渗透了我经验的全部,使之浸润着海水的苦涩,我的行为总是不能够理直气壮。这座岛屿似乎只是一片眺望世界的舢板,而我不过是剧场外找不到座位的观众。"这就是岛屿带给他的孤独感,一种被遗弃的感觉。他始终认为,在岛屿上的生活,与大陆上背靠着广袤的陆地和崇山峻岭的人生是有很大不同。他说,有一个噩梦他做了大概三十年,不断地从一个很高的地方摔下来,像个自由落体,快落地的时候他就醒过来了,一身冷汗。每回午夜梦醒,大海的潮声一浪接一浪,听起来像老人的哀叹,又像野兽的嚎叫,这种声音构成了他人生长时间的背景音乐。他还记得从童年开始,他就常常站在野菠萝的海岸上,久久眺望水天苍茫的远方,他觉得所有美好的事物,都隐藏在海平线的背后,与他横隔着无数愤怒的波涛。他也并不清楚这些事物真实的模样,但它们已经让他心神不宁。而每年菲律宾的台风都要在这里肆虐几回,如果遇到强台风,每回它都会把这个地方洗劫一空,让你觉得它几乎要掀翻这个岛屿,那简直就是世界末日的感觉。这些感觉促使他跟岛上的人们一样,渴望投奔大海彼岸,过一种真正有价值的生活。直到二十世纪九十年代海南建省时,他的那个梦才消失,随着海南的建设和发展,孔见才慢慢安心做了一个岛民,开始以"最爱海南岛的海南人"自居,来潜心研究海南的历史文化。这本书,就是这些年他研究思考的结晶。

孔见说:"这本书的写作,仿佛就是我个人身世的自述,打通了过去与现在之间紧闭的大门。自这座小岛从大陆裂开的刹那,这里发生的一切,都感同身受地发生在我的心口,石头纷纷地向我砸来,并掀起了难以平复的浪涌。""地球,对于太空来说,也是一个岛屿;海南岛上人的命运,某种程度上代表着一种人类的命运。我写这本书,是以海南岛作为聚焦点,反映人类生存的际遇,以及面对各种际遇的抉择。"

遗憾的是,可能因为元旦放假的缘故,中心书城竟然没有像以前作家来作分享那样现场卖书,而且中心书城的卖场也没有这本书出售。南翔老师说,他问了一下,说南山书城有售。分享结束,几个朋友一起到福田图书馆郝纪柳先生主持的"一间书房"喝茶聊天。孔见一如作分享时的样子,慢声细语,笑容蔼然。闲聊中,方知孔见对佛禅有很高的造诣,能够看到我们看不见的佛光,他还即兴为大家念了一段经文。孔见还说了不久前去贵阳见何士光先生的事,何先生的道行也很高深,我过去曾有所闻,而且在二十世纪九十年代中在贵阳与何先生见过一面,但后来再无联系。夜已深了,因为孔见茹素,松璋和大家约好第二天中午到龙华一家私房斋菜馆为孔见接风兼送行,于是散伙。

我想既然孔见来了,这本书又如此之好,没有书让他签名岂不遗憾?于是决定明天上午去南山书城买书,再去聚餐。回家后又在书城的网站一查,原来罗湖书城也有,这就很方便了。第二天上午我即先奔罗湖书城,为每位朋友买了一本书,然后赶到龙华。松璋预订的这个私房的素菜馆实际是一个家庭菜馆,素洁雅静,纤尘不染,吃饭的人就我们这些朋友,再无别人,今天崔建明兄也来了,他与孔见过去一起在海南办《海南开发报》很多年,十分熟稔,当然他来了就更是热闹。他为孔见带了一幅书法和一套未删节版的《金瓶梅》,松璋兄给孔见带了他的两幅书法,我本来送孔见一本自己的杂文集《蜘蛛不好吃》,这时想起车上也有我抄的一幅小楷心经,想孔见信佛,便取来送给了他。孔见非常高兴,大家品茗闲聊,然后用斋。这家的素菜馆由主人亲自主厨,果然不同凡响,我在深圳也吃过一些素菜,但都不能跟它相比。吃完饭后,孔见因为还有朋友要见,大家便拿出书来,请他签名。在我的这一本《海南岛传》上,我请他写句话,孔见略一思索,题下:

赵倚平兄批阅
　　与命运和解

　　　　　　　　　　　　　孔见
　　　　　　　　　　　　　二〇二一春

　　与命运和解,很好。孔见当年一直困惑和纠结于他九百年前光荣的祖先,为什么把他抛到这座孤悬海外的荒岛上,让他成为孤独的守望者;也曾经为他狼狈地生活在这片浮土之上、仓皇地寻找安身之所而耿耿于怀。但是,许多年前的某个夜晚,他在沙滩上漫步时,做出了一项重大的决定:"把自由退还给与我相关的事物,不再要求它们迎合或屈服于自己的意志。"这个决定让他获得了极大的解放,他觉得春风一下就浩荡起来。从此不再与天上的浮云纠缠不休,不再左顾右盼和四处投奔。而脚下那个岛屿,也一下子"显得那么完整,具足生命存在的全部要素。

左图:《海南岛传》书影
右图:《海南岛传》衬页作者题字

不欠不余,静美绝伦,是引人入胜的目的地,阳光最为眷恋的所在,所有道路都通往的地方。"于是,他对世界的辽阔无动于衷,觉得"只要真正拥有这片光芒万丈的天空,其他的一切都可以拱手相让。此时此刻,当我安静下来,呼吸里便有了风暴的气息,而我入寐时的鼾声,也变得潮水一样弥天漫地。"我理解,这就是孔见与命运和解的大自在。

　　而孔见兄在书上题下这句,是不是也在昭示于我呢?

二○二一年一月十二日

书香手泽暖

房向东先生签赠六本鲁迅研究专著

认识房向东先生是由于当年我想出一本杂文集。书稿编好,总是出版不了。当时不断从《南方都市报》上看到房先生的杂文随笔,文笔犀利,个性鲜明,且理念与我极其契合,于是援为同类。得知房先生是海峡文艺出版社的社长,于是动了一念,给房先生写封信,荐上我的书稿碰碰运气。后得到他们社有关部门的反馈,说房社长让他们论证一下这本书出版是否可行,但他们认为该书涉及敏感问题很多,不好出版。我自然很是泄气。之后我只好放弃这个努力,转而编了一本散文随笔的集子,又拿给房社长。一来二去,与房社长成为朋友。那本集子后来在房社长的大力支持下得以出版,这就是《五味字》。

与房社长在深圳见过一次。那是他二〇一五年十一月份到广州参加一个书籍订货会后来到深圳。我与正宗的福建人没有打过交道,房先生是第一个,但我们见面却很投缘,似乎没有什么南北方地域风俗不同造成的隔阂。作为学者、作家,他有很高的知名度,中午,深圳的房姓宗亲会为他接风。我则抽空带他去逛了大芬油画村和观澜的版画村(我知道喜欢鲁迅的人一定会受鲁迅影响喜欢木刻版画),他参观的兴致也很高。给我印象很深的是他带了个近乎于热水瓶大小的水壶,总是喝水而不上厕所,让我暗暗佩服他的肾好。晚上,他的老同学又接待他。房社长性情豪爽，喝酒也是豪饮，这点颇不像南方人。宴席散后，我们又到他住的宾馆继续喝，与他一起来的同事还到下面的小店里买来一点下酒的菜。我知道他喜欢鲁迅，就送他了一本我从旧书摊淘到的二十世纪五十年代出版的关于鲁迅的一本旧书，并拿出当年买的他的第一本研究鲁迅的专著、上海书店出版社一九九六年版的《鲁迅与他"骂"过的人》让他签名，他看到颇为惊喜，说这本书他现在也没有了，让我送给他。然后他再给我别的书。我当然愿意。他则送给我一本他的《怀念狗》，封面上印着这样一段话："我时常与狗在一起，就像与自己在一起，我和狗一样每天五点半起床，我们进入郊外荒凉，狗大便，我小便，对着野地撒野，我们进入原始状态。"想想鲁迅是要"痛打落水狗"的，而喜欢鲁迅的人则"时常与狗在一起"并在狗死了以后"怀念狗"，让我很是惊奇。

转年三月，他就给我寄来了上海交通大学出版社新出版的他研究鲁迅的专著《太阳下的鲁迅——鲁迅与左翼文人》《新月边的鲁迅——鲁迅与右翼文人》《被诬蔑被损害的鲁迅——鲁迅去世后对他的种种非议》《恋爱中的鲁迅——鲁迅在厦门的 135 天》《鲁迅与胡适——"立人"与"立宪"》《鲁迅这座山——关于鲁迅的随想与杂感》以及《著名作家的胡言乱语》和《去远方——父与子的跨国对话》。其中煌煌六大本都是关于鲁迅的（加上《著名作家的胡言乱语》一本共七本），这让我颇为震惊。鲁迅研究方面，一个人一下子推出这么多著作，还真是少见。从阅读中得知，房先生起先并不怎么喜欢鲁迅，觉得鲁迅的作品太难懂，读起来累人，还有一股苦味和涩味，就像他并不爱吃的青橄榄，因此更谈不上研究鲁迅。但为什么又会研究鲁迅呢？原因却是一些无知妄人的妄语对他的刺激——这就是他经常听到一些场面上的人老是轻

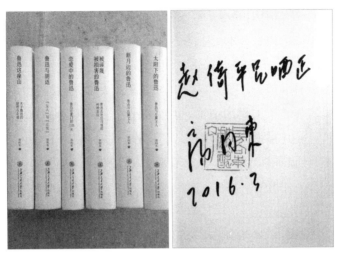

左图：作者六本鲁迅研究专著书影

右图：专著衬页作者题字

飘飘地说：鲁迅，无非就是骂人。而且文坛上轻薄鲁迅，就像周期性的感冒，过一阵发作一次。他就是带着这个问题、以鲁迅的"骂人"为突破口开始了鲁迅研究，他倒要看看鲁迅究竟骂了那些人、是怎么骂的、为什么骂？于是乎就有了那本《鲁迅与他"骂"过的人》（十多年后，这个问题的研究不断深入，字数增加了一倍，在出版上述这套书时，他把内容一分为二，分别以《太阳下的鲁迅——鲁迅与左翼文人》《新月边的鲁迅——鲁迅与右翼文人》名之）。从此他一发不可收拾，开始进入鲁迅的世界，终成鲁迅研究的大家。从以上书名可以看到，他的研究，几乎涉及到了鲁迅所有重要的侧面。而他也被鲁迅的思想、人格、文字所征服，并对鲁迅产生深深的情愫，自称是"鲁迅坟前走狗"，遂向一切贬损、攻击、诬蔑鲁迅的言论开战，不论你是朋友韩石山，还是文痞李敖，不论是内地的王朔，还是香港的董桥……

房向东先生签赠六本鲁迅研究专著

说来惭愧，我也是很早喜欢鲁迅并通读过《鲁迅全集》的人，除了以前编过一本关于鲁迅的书，后来陆续写了一些关于鲁迅的文章外，比起房向东先生，可就是云泥之别了。过去我把自己的没有成就归之于为生存而上班杂务太多，但看到房先生书中描写他当年工作的情况，也并不比我事务少。于今，也只有惶愧——还是把"而已"去掉！但失之东隅，收之桑榆，虽老之将至，且做垂暮之努力，再也不要给自己找借口了！

二〇一八年十月十日

颜拙成才女
——方英文先生的签名书

　　与方英文先生认识之前，就注意到他的名字，英文——总让人想起英国文字，且初看，不能判断这人是男是女。那时我已远走他乡，奇怪的是在西安时没有听到过这个名字。后慢慢得知他是商洛人，一下子就有了亲近感（因我的青年时代一段时间是在商州度过的），故凡见署他名字的文章就必然拿来看一看，这一看不打紧，却每为文章中的诙谐幽默所倾倒。终于在我二○○六至二○○八年回西安工作那段时间有幸在一个饭局上与方先生见面，并送了他我编的一本书。以后就算认识，但却还不熟。真正来往较多还是在近六七年，尤其是有了微信以后。

　　有趣的是，方先生未届不惑之年，却先得了一个"方老"的雅号。此称呼怎么来的？我问一个朋友，他说势大则老，与年龄无关。但陈忠实、贾平凹难道势不大乎？也很少见人称其为"某老"。再问其他人，则众说纷纭，莫衷一是。只好询之方先生自己，才知其由来是：一九九五年他三十六岁担任《三秦都市报》文体部主任时，部门开会讨论副刊文章如何选用市民化、亲切感的稿件，有个编辑说方主任的稿件既通俗精短，又轻松幽默，最适合副刊。然后又问他究竟什么是幽默？方英文随口回答说幽默就是失衡，不相称，比如一个男孩姓张，你把他叫张老，立马就幽默感了。那编辑说："你今年才三十来岁,我们要'幽'一下你的'默',就叫你'方老'了!"这称呼自此传开,成为陕西文化界对他的一个昵称。故以下行文亦称"方老"了。

方老一直坚持用毛笔写作,除写作外,每天还用毛笔随手记一段事,类似于日记,但总不脱幽默的本色,让人读来兴味盎然。如他说有一次看到河里鸭子和鹅游水忽发奇想地写道:"鸭与鹅是什么关系?是师徒间相互羡慕而抄袭吗?猫咪与老虎的关系呢?我也是琢磨了几十年依然不得要领。还有,壁虎与鳄鱼的关系——我实在想不出!但我并不觉得丢人,因为谁也不敢保证,即便钱学森那类天才人物,就一定知道这其中的奥秘。"还有一次,他写道:"我这篇短文,实在说来并不比苏东坡好多少,至于手稿,仔细看也还有两三个字不如王羲之。但我也不打算努力了——超过前贤不礼貌啊!"这些文字,他觉得有趣味的,就晒在微信上,引起朋友或赞许,或拍砖,或反过来调侃他一番。他善于自嘲,故对于朋友善意的嘲弄,也往往哈哈一笑,随喜了。我对方老墨宝的文人气息非常喜欢,二〇〇八年,承蒙他在我回深圳后,寄来一幅书法:"时忆秦娥。"我回复说:"方老,你这是让我老记着陕西姑娘的意思吗?"在深圳,看到他的散文集《短眠》出版,我便买了一本来读。二〇一四年夏天,我回西安休假,一身大汗赶到陕报社去看他,并让他在《短眠》上签名。谁知那天报社的中央空调凑巧坏了,于是在闷热中闲聊一会儿,方老拿出二〇一二年西安出版社出版的中短篇小说集《米霞》送我。二〇一六年春节回陕西,我约马治权和刚从上海回来的于立婷一起去他的书斋采南台拜访方老,对采南台我也是仰慕已久,一篇篇好文、一部部著作从这里流向社会。果然,采南台书香氤氲,方老的手稿一沓沓在柜子里,他还让我在一个本子上写了个集名,因为笔生和紧张，实在没有写好。然后，我拿出之前买的三本由陕西师范大学出版社再版的他的长篇小说《落红》，请他签名。方老给我的签名是：

第一皇姓

赵兄

　　倚平先生教正

　　　　更命录本书中句子

　　　　愤怒出诗人

　　　　颜拙成才女

丙申正月长安

方英文

　　这是由于在他的这本书中，说起有些女孩子因为相貌平平，就少受干扰而考入学堂，后来青灯黄卷，成为才女。这句话与"愤怒出诗人"搭配起来，颇为有趣，所以我在他写完前面关于教正之类的套话后，说多写两句吧，方老说写什么，我说就写书中的这两句话，于是就成为这样的一个签名本。

　　至于"第一皇姓"，则是方老时时拿来调侃我的话，经常笑话我说你们"姓赵的"如何如何云云。他说，姓赵的在中国历史上平添了许多笑话，如"指鹿为马""纸上谈兵""杯酒释兵权"等，如果没有姓赵的，历史就少了许多乐趣。说起赵宋的皇帝，说他们琴棋书画样样精通但治国无能。这次他还出了一个题目给我说："鲁迅是不是和你们赵家有仇呢？为什么他小说中的反面人物都姓赵？"我对鲁迅也是有点熟悉的，但以前却从未想到这点，他一提，我悚然觉得他读书之细。于是考证研究，还真的写了一篇文章《鲁迅与姓赵的有什么过节吗?》发在二〇一六年第八期《书屋》上,后来还被许多刊物转载。

方老不但长于小说,而且散文随笔亦别具一格,有人评价说:"其小说语言优雅风趣,构思新颖别致,有引人入胜的阅读魅力。其散文幽默温情,绝妙俊逸,深受读者喜爱。"陈忠实先生说他的语言风格为"方英文式语言",贾平凹说他的文章"风姿卓立,绚丽多彩"。这些评价都恰如其分。然而,方老的幽默不是后天学得、而是与生俱来的,在日常生活中,他妙语连珠,在有他的饭局上,总是笑语连天。同样,在他所有的书中、文章中,幽默也是同样目不暇接,让人心身愉悦。总之,看方英文先生的书,轻松,愉快。但方英文也并不只是"东方朔",他的小说反映时代,紧贴生活,在看似轻松的叙述中表现出宏大与深刻;散文随笔则灵动旷达,在调侃和幽默背后,充满人生的智慧。

二〇一八年三月二十九日

补记:

二〇一八年,方英文先生出版了他的长篇新著《群山绝响》。据评论家说,这是一本个性化、生活化、地方化、有韵律、有色彩,用人物的喜怒哀乐反映时代问题的书。春节回西安,我因要去采南台见他,就买了一本带去,让他签名。方先生看到后,笑着说:"我给你换一本精装的吧。"这是额外福利,当然好了。只见他拿出精装的书,在环衬上题词:

五味子先生

赵皇倚平兄教正

　　此精装版仅印四百本，礼品之用也。

　　未曾送友，此唯一也，

　　扣下兄自费购书，见笑。

戊戌三月

方英文

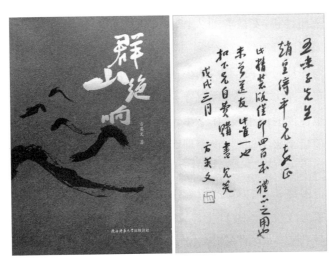

左图：《群山绝响》书影

右图：《群山绝响》衬页作者题字

　　照例是方氏幽默，不亦乐乎！而二〇一九年春节期间，在马治权工作室，他更是赐我"皇弟斋"的斋名，并即兴书赠与我。哈哈，我只能以手加额，笑领了！

二〇一九年四月八日

以书为友，与创作为友

——南翔先生的赠书

南翔姓相，安徽滁州人，即欧阳修"环滁皆山也"的那个滁州。但网上却有说他是广东韶关人，也有说他是江西人的。这大概因为他是铁路子弟，从小在江西一个四等小火车站生活，后来又在铁路上当工人，所以才有江西人这一说吧！但他确实在江西生活的时间很长，在那里上大学，又在那里的大学当老师。总之他后来来了深圳，在深圳大学文学院当副院长、当教授，有很深的学术功底。而他同时又是著名作家，深圳作协的副主席，写了很多部长篇、中篇和短篇小说，获得过"庄重文文学奖""中国作家大红鹰文学奖""上海文学奖"等几十个奖项。他的小说《绿皮车》《老桂家的鱼》曾分别入选中国小说二〇一二和二〇一三年度排行榜。

我得知南翔是在一九九三年，那时只身在深圳，下班极其无聊，就只能去逛一逛书店。这时，发现了一本叫《海南的大陆女人》的书，封面是蓝天、白云、椰树、大海和一个穿着清凉的漂亮女子，海南的要素齐备。这在当时是很吸引眼球的。它给我的第一印象让我产生的判断是，这是一篇通俗小说。而作者的名字和书名也很配：南翔。起初以为是笔名——写海南，到南方翱翔。当时我也是刚刚辞掉海南的工作来到深圳，对海南，还很留恋。我便毫不犹豫地买下一读，读了才知道，这并非想象中那种渲染女人如何混迹社会的八卦言情小说，而是描写几个闯海南的女人在这个刚开发的特区中的生活遭遇和职场经历。我感受到作者非常严肃的写作态度，绝非那种为卖钱而胡编乱造的轻佻之作。书中状述的很多环境和情景，为我所刚刚经历过，因而有一种亲切感。

几年以后，听说南翔也来了深圳。再后来，居然在一个朋友的饭局上见到了南翔，同桌还有谁，记得有他太太，似乎有高成，还有中秀等。面对南翔这样盛名盛产的作家，我很自卑，都不好意思说自己也写东西。但南翔却很随和真诚，似乎还对我留下了一个好的印象。二十多年后，当我请他给我的一本散文集《深夜记》写个序言时，尽管他这时因用眼过度双眼都做了一点手术正在休息，但还是难却我的盛情，写出了热情的序言。开头就说："已经不记得第一次是在什么场合见到赵倚平的，他那憨厚而纯真的微笑是一张颇为独特的名片，给我留下了持久的印象。此后不断读到他的杂文，清澈而犀利，是那种率见性情、一箭中的而非处处藏锋的表达……"他还说："我喜欢与独立思考、洞明世事却又返璞归真、与人友善之辈交往，以为趣味投焉，倚平在列。"大概也正是因为有这样的基础，所以几十年来，与南翔老师一直有着交往，这种交往是那种淡如水的交往，没有任何功利的因素掺杂其中。而且我们见面大多是在文学和文化活动的场合，他主持的"深圳晚八点·周五书友会"系列讲座，邀请到全国的名家来深圳和读者交流，对促进深圳的文化繁荣功莫大焉。有时来了嘉宾，他也会邀请我一起共进晚餐并聆听讲座。并对我时有提携和帮助，让我很是感激。

南翔老师戴一副度数有点深的眼镜，和蔼可亲，他可能属于

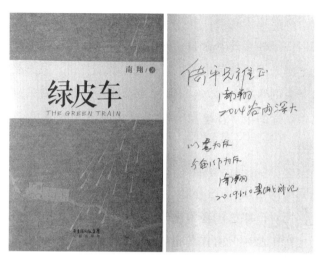

左图:《绿皮车》书影
右图:《绿皮车》衬页作者题字

那种消瘦型的人,永远都不胖。一次和娄荔谈起南翔,她还笑着说:"教授教授,越教越瘦。"但我很佩服他在教课之余,写出那么多优秀的小说。有时看他在主持讲座及插话时侃侃而谈妙语迭出,觉得听他讲课一定是一种享受,而读他的小说也是一种享受,他就是为人们提供精神享受的人。但他的瘦,也可能是"借问别来太瘦生,总为从前作诗苦",就是写得太多太累的缘故。每有新书出版,南翔老师总不忘签名送我一本,我这里就有他的《前尘:民国遗事》《1975年秋天的那片枫叶》《绿皮车》《抄家》等。更可贵的是,南翔先生还具有强烈的社会责任感、人文情怀和忧患意识,对历史与现实有深刻的思考和独立的见解。他写"文革"题材的小说集《抄家》,就是基于当事人和后人对那段不堪回首的历史有意无意地遗忘,使他"双肩如负,汗涔涔下",所以他说:"最初触发写这个系列的动机,与其说来自亲历,毋宁说来自现实生活的一种警醒与召唤。"而像《哭泣的白鹤》《来自伊妮的告白》《消失的养蜂人》等，则是对生态危机的关注。这样自觉的小说家，在当下中国，尤其难能可贵！

当年看完《海南的大陆女人》，把它带回了西安。为了写这篇文章，我又专门找出带来深圳，让南翔补签。那天仍是周五晚，在书城的多功能厅听章必功教授讲《诗歌与修史》的当口，南翔在书上写道："倚平兄存我多年前旧著，诚为感念。南翔二〇一九年一月书城"。那天我还带去了两本书让他再题几句话，他在《抄家》上写道："一段痛史，以小说出之。"在《绿皮车》上题上："以书为友，与创作为友。南翔二〇一九年一月十日书城补记"。

南翔老师的随笔也写得很好，有锐利的思想锋芒，语言明快，文采斐然，只可惜被他的小说遮盖了。像最近他写的《快递》《外卖》《微塑料》《人类世》等，在纸媒或《读创》(《深圳商报》的网媒)发表以后，引起很大共鸣。我在期待他的随笔也有新的集子出版。

二〇一九年一月十二日

文章真处性情在
——李辉先生的签名本

　　因为李辉所写的话题都是我感兴趣的，所以买他的书很多。

　　最早注意到李辉的文章，是他写瞿秋白的《秋白茫茫》，因为我和他一样，觉得瞿秋白的一生就是一个谜。后来他以此文作书名的随笔集，获得了首届鲁迅文学奖，那是当之无愧的。之后不断地看到李辉写的各类文章，一方面惊异于他交游的层面之高、接近文化名人的广泛与深入，无人可比，另一方面也为他细腻精到的文字所折服。李辉说自己的创作："我更感兴趣的还是作家本人和身边的人的关系、作品写作的过程，以及作家性格造成的历史关联。"大概就是他感兴趣的这些方面，也常常给读者带来阅读的惊喜。

　　后来才知道，李辉在复旦大学中文系时，就和同学陈思和一起研究巴金。因与巴金之子李小棠是同班同学，所以在李小棠的安排下，去拜访了巴老。后来因为研究巴金，他进而进入"巴金圈"，结识了冰心、沈从文、萧乾、卞之琳……另外，在复旦读书期间，他到中文系资料室找书时，看到靠西一个角落的书桌旁，坐着一位矮小精瘦的小老头，有人喊他"贾先生"——原来这就是贾植芳。不久，李辉成了贾植芳家里的常客和忘年交。后来因为研究胡风，又进入"胡风圈"，持着贾先生的介绍信，找胡风、牛汉、绿原、路翎……他那本《胡风集团冤案始末》中不少"胡风分子"和胡风逝世后追悼会上的照片，都是出自李辉之手。

当然这是他从复旦毕业以后的事情。毕业后，他被分配到《北京晚报》编辑副刊《五色土》，后又转到《人民日报》编辑《大地》副刊，从此涉及的人、涉及的领域更为广阔。当时他在《北京晚报》有两个专栏，一个是"作家近况"，一个星期介绍一位作家，他为此采访了冰心、冯至、沈从文、萧乾、胡风、艾青、郁风、臧克家、卞之琳、聂绀弩、姚雪垠、曹靖华、秦兆阳等。另一个栏目是编辑"居京琐记"，主要请六十岁以上的文化人写在北京生活的各种感受，而且以批评为主。于是他结识的名人又由作家扩展到其他文化人，像翻译家王佐良、董乐山，像研究中国戏剧史的吴晓铃，像美术界吴冠中、常任侠、常书鸿，还有韦君宜、梅志、陈敬容等，他和萧军、端木蕻良、骆宾基都有交往，与黄永玉、杨苡等人关系特好……可以说，李辉真是非常幸运，他这样的机遇，也不是人人都能有的。李辉让人羡慕！

认识李辉已是在二〇一五年一月，以前一直没有机缘。他当时来深圳签售一本新书，经胡洪侠介绍，得以相识。我们是同龄人，自然十分投缘。我带去了以前买的、他著或编的书，计有《沧桑看云》《风雨中的雕像》《依稀碧庐——亦奇亦悲"二流堂"》《书生累》，请他签名，他送我他新译的美国项美丽的《中国故事绘本》。后来，他又于同年十月再次来深圳，这次签送我他的新著《绝响：八十年代亲历记》。二〇一六年五月，他再来深圳签售他的新著《自由呼吸》，并发微信邀我，我赶去书城，这次我得到的是由后院读书会购买的书，由他签名。到二〇一八年七月，第二十八届全国书博会在深圳举办，李辉也来为他主编、大象出版

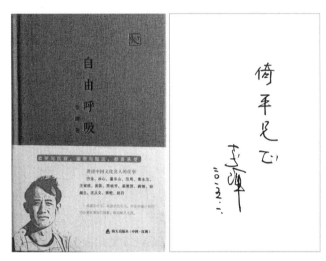

左图:《自由呼吸》书影
右图:衬页作者题字

社出版的副刊文丛《书评面面观》做促销。我也买了一本。那天,他在福田图书馆举行二〇一八大家讲坛《穿越世纪的目光·杨苡》的专题活动,我带着这本书和很早就购买的、人民日报出版社一九八九年版的《胡风集团冤案始末》,请他签名,他在扉页上写道:

文章真处性情在,谈笑深时风雨来!

李辉

二〇一八年七月二十一日

"李辉的写作坚韧沉实、端庄耐心。他的文字,不求绚丽的文采或尖锐的发现,而是以一种责任和诚意,为历史留存记忆,为记忆补上血肉和肌理。他在史料上辨明真实,在人物中寻求对话。他的一系列著作，作为文化史研究的生动个案，为理解二十世纪的中国增加了丰富的注释。"网上的这段评论，是对李辉文字十分恰当的评价。

二〇一八年十月二十七日

贾平凹先生的签名书

贾平凹先生是我们陕西文学的"重镇"。我在陕西时已久慕大名。但认识他却是在我到了深圳以后。记得那是二十世纪九十年代，平凹先生想在深圳找一个地方写作，条件要求并不高，有一间地方住，有一间厨房做饭就行。曾在陕西《女友》杂志当过编辑、时在《深圳青年》杂志社的王哲女士碰到我，说到此事，嘱我留心。一次我与当时从政府辞职出来、在一家香港公司任副总的同学郑建平聊起这事，郑建平说可以，因为他们公司的一个房地产项目快要完工，完工后提供一个这样的地方没有问题。于是我告诉了王哲，王哲又转告了贾平凹。很快就是春节，我与郑建平回到西安，与贾老师约好，在一个晚上去了当时西北大学他的家里。那是我们第一次见面。谈完事情后，平凹拿出他的两本散文集《坐佛》《红狐》签名送与我俩。那时他的书法已经有了名声，贾老师许诺说，以后再给你们写字。

但是，后来郑建平又很快从这家公司离开，自己开始创业。给贾老师的事也就没能落实。陕西人说："应人事小，误人事大。"尽管这是由于客观方面的变化造成的，虽然后来再见贾老师也把情况说清楚了，但却让我一直觉得有点愧对贾老师，每次见他总觉得有点不好意思。

后来有一年贾平凹、孙见喜他们去香港，回来路过深圳，住

左图:《贾平凹小说新作集》书影

右图:《贾平凹小说新作集》衬页作者题字

在华侨城的深圳湾大酒店。我与郑建平去看他,顺便在书店买了一本他的长篇小说《废都》,想让他签个名。谁知贾老师翻开一看,说:"又是一本盗版书!"然后说他的书盗版太多了,他一直在收集这些盗版书,这本书就给他留下了。我说:"行,以后再买正版的签。"后来我才知道,这已成为贾老师的一个"嗜好",不管到哪里出差,只要看到有他的盗版书,就买几本带回去,后来居然收藏了一书柜五湖四海盗印的他的各种书。记得我当时还顺手拍了一张贾老师翻书时的照片,作为图片新闻发在《深圳特区报》上,标题就是《又是一本盗版书》。

我也是在商洛待过一段时间的人,因此,贾老师最早写的关于商州的风土人情的文章,我读来就觉得格外亲切。所以他的书我买了很多。早期的像百花文艺出版社一九八二年版的散文集《月迹》,小三十二开本,孙犁先生作序,淡青的封面,白色的书名,著者的姓名用贾平凹清秀的钢笔手写字,书籍的装帧和内容一样,色彩清淡,给人淳朴清新的美感,我非常喜欢。还有上海文艺出版社一九八〇年版的短篇小说集《山地笔记》,胡采作序,封面的绿色像春天的新柳,也是非常简洁自然,书名的题字是曹简楼,但显然不如十几年后的平凹的字有特点和韵味。这些作品应属于其"少作",还带有刚刚从思想禁锢中解脱不久的痕迹。这一点也可以从他二〇一六年一月三日给书法家兼作家史星文先生在同一本书的签名中得到印证。星文的《山地笔记》是他在渭南中医学校读书时购于庚申年(一九八〇年)三月的。平凹在书的扉页上写着:"谢谢您那么早读到我的书。此书幼稚,仅为留念。"另外还有一九八一年中国青年出版社出版的《贾平凹小说新作集》,这些书于今已是不可多得。之后像他的散文集《人

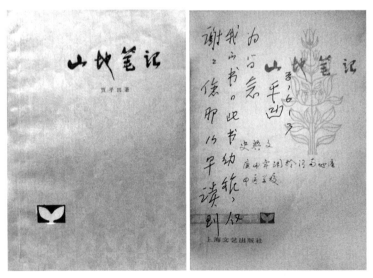

左图:《山地笔记》书影

右图:《山地笔记》扉页作者题字

迹》《月迹》，长篇小说《废都》《怀念狼》《秦腔》等等，总之买了不少。但我毕竟在外地，有时回来虽能见到贾老师，或者贾老师偶尔去了深圳，但书又不在手头。签字一直流于空想。终于有一次想出一个办法，就是把书放到朋友马治权处，他与贾老师熟稔，经常会见面，就麻烦他在适当的机会带去请贾老师签名。于是，可以看到，《贾平凹小说新作集》是贾老师二〇〇二年九月二十一日签的，《秦腔》是二〇〇五年六月九日签的，而《月迹》《人迹》《山地笔记》《废都》都是二〇〇九年十一月九日一次性签的。后来我又翻出了贾老师的《浮躁》《带灯》《平凹游记选》、贾平凹书法作品《大堂书录》和李松璋兄送我的贾平凹题文、邢庆仁作画的《玫瑰园故事》，我便把这些书留在史星文先生那里，因为他常与贾老师走动，就委托给了他。后来，二〇一九年某天，史星文先生把这些书带去，贾老师都一一签名。而且那天恰好邢庆仁也在贾老师处，两个作者就都签了名字。

这些书有了贾老师的手泽，当然更加珍贵。他还有一些新书，像今年的《暂坐》等，还没有机会签，就留待以后的机缘了。

二〇二〇年十月十日

恩师费宏达先生签赠的小说

　　说费宏达先生是我的恩师，那是恰如其分的。

　　记得我刚刚工作，在咸阳机器制造学校团委上班。爱好文学，却学了几年工科，刚毕业就转行做行政工作，对人生来说都是错位。但依旧难改对文学的热爱。总还想写点什么，而这写，也主要是抒发自己内心的感受。但这时身边缺少同好的朋友相互切磋，也缺少文学方面的老师给以指引。咸阳机校有一位语文老师，叫付时行。江浙一带人，高高大大的个子，大概是这个学校最具有文学素养的老师。他编了一本语文教材的辅助读物，其中收录了艾青的《大堰河——我的保姆》，那时是刚刚进入八十年代，付老师想提高学生文学修养的意思非常明显，但那是个工科学校，语文是被边缘化的学科。那是我第一次读到艾青这首诗。那时候学着写诗——这大概是当时青年人的流行，偶尔也写点别的文字。一九八二年五月的一天傍晚，在校门口沿着铁道边的马路漫步，突然，树上滴下一滴水到我头上，接着又是一滴，我很诧异，抬头去看，天气晴朗，不是下雨，而且鸟儿也都归了巢，看着这被路人摧残的树，心想莫非树在流泪？晚上回到宿舍，同舍的人都安歇了，我躺在床上，联想到当时的社会状况和一代人的遭遇，忽然来了灵感，于是下床找笔找纸，怕影响别人休息，不敢开灯，就趴在床上，摸黑写下一篇短文。第二天早上同舍的武响说:"你晚上不睡觉在折腾啥？是不是有神经病啊!"后来我把这篇短文整理出来,取名就叫《树》。说的是在春回大地、万物争荣的季节,这棵树应该蓬勃旺盛、风华正茂,但它却伤痕累累,枝残叶零,怪不得它会流泪。于是,我深深地理解了这棵树的命运。而当我把脸贴在粗糙冰冷的树干上,却似乎听到了根须在吸吮水分,树皮在输送养料,新芽也在残枝上长出——因为,风吹着、阳光照着。即一个新的时代到来了!

那时在校内,几乎找不到爱好文学的人。但在同城,在西边很远的咸阳彩色显像管厂(又叫彩虹厂),有我的中学同学寇晓伟(寇恒),他爸离休到了咸阳一个省军区的干休所,他从部队转业,进入了彩虹厂。他也爱好文学,他的同事中也有一个从部队转业的王振海(王海),爱好写小说。于是成为同道。王海是咸阳本地人,就带我们去咸阳的工人文化宫拜见一位老师,这就是费宏达先生。

费老师是咸阳原上的泾阳人。从费老师跟我的交谈中,隐隐感觉他少年时期的家是比较殷实的,使他得以在县城上小学、中学,后来毕业于西北师范大学。他虽然在地方工作,但与在北京的陕西文化名人闫钢、周明、雷抒雁等都有交往。我见他的时候,他四十多岁,在咸阳工人文化宫编辑一份《职工文艺》的报纸。他一直以发现和培养文学青年为己任。我的这一篇像散文诗一样的作品《树》,被费老师采用,发在一九八三年开年的《职工文艺》上。这是我第一篇变为铅字的东西,让我很受鼓舞。紧接着就在同年的第二期《陕西青年》杂志上,发表了一首诗《圆明园的呼喊》。由此我的写作就持续到如今。

至此之后,与费老师多有来往,写点东西也拿去向他请教。当时的工人文化宫在咸阳的"十字口",而我的单位在道北,相距不过两三站路程。说"也拿去"而不是"常拿去"，是因为那时写得少而且很幼稚，写了也不好意思拿给费老师看。记得那时，经济刚刚放开，费老师有个也是爱好文艺的学生干起了个体户，在街头卖烤羊肉串成了万元户，有一次费老师召集《职工文艺》的作者开会，就是由他请客招待大家吃羊肉串。费老师是一个很开明的老师，他也乐见他的学生通过劳动成为万元户。但遗憾的是，我不久就进入中共陕西省委党校学习，后来又到西安工作，再后来跑到南方的海边，与费老师来往不是很多。但我们一直没有中断联系。费老师后来进入咸阳市政协工作，成为政协委员。我回乡探亲有机会就去看看他，还到过他在政协的办公室。而更多的是通信，费老师一直在勉励我，希望我多读书、多写作，写出好东西来。在我的印象中费老师博览群书，阅读量非常大，他还希望我给他介绍好的书籍和文章。他退休之后，更是手不释卷地读书，思考。有一次问我能否给他找一本英国罗素的《中国问题》。他的眼界非常开阔，对一个问题他希望看到不同的观点的碰撞，而他的思考也非常细致、深入，对文艺问题，对社会问题，对历史问题，都有他深刻的见解，形成他的思想和认识。我有时候去看他，他常常说自己最近读了哪本书，某位学者就某个问题说了什么，他自己最近在想什么问题等等，并问我看过某某书没有。可惜我谋食不易，时非己有，常是很惶愧地说自己没有看过，他就告诉我哪本书、哪篇文章一定要看等等。二〇〇七年及之后几年，我去咸阳看他，谈了很多话，之后又几次给我写信，说："我记得几十年前咱们相识时，谈的是散文，但是我下意识地觉得你这个小青年，在散淡的背后，隐藏着深刻，走的平路，却想到荆棘与攀登。"他认为鲁迅的文章得几代人去研究，赞成我研究鲁迅，认为我应该锲而不舍地做下去。"但你一度抛开鲁迅，走上另一条路，我曾为你遗憾过，旁敲侧击地谈过我的谬见。"又说，"我给你的建议，仅供参考。路子很多，要精选，并非我说的那些就是路。你六十岁还有好几年，有的是时间，默下头来，甘于寂寞，读些书。读得多了，就有比较，如果您愿意，好好搞个书目。六十岁前，读，想，记笔记。要有'十年读书，十年养气，不以岁月为期'的精神。"他并不赞成我写杂文，他说生存的问题解决了，爱国的路子就宽得多。他不止一次给我说："再不要把自己生命才华、聪明才智，廉价地抛掷"，"您要理解我是因为喜欢您的'资源'（思维能力），怕您仍然像十几年前那样，简单看社会问题，使自己'资源'没有充分发挥作用，甚至浪费一生，或招来无妄之灾"。"我不愿想到我所喜欢的你们，在几十年后，只是埋怨或牢骚的发泄者，那父母、祖国给的'资源'都浪费了。"认为我应该把时间放在对一些问题的深入研究上。二〇一四年他大病一场，从医院出来，不顾身体虚弱，又写了一封长信，在信中鼓励我说："你能干出一番事业来，今不为晚。你只要踏踏实实，做学问就行了。闭门读书，闭门研究，并不是过。"甚至说，"这是我最后的期盼。"这些话他说过不止一次，即使在我退休之后去咸阳看他，他还给我说："你到我这个年龄（八十多），还可以读很多书，做很多事情。有了实实在在的成果，别人就打不倒你了！"可惜这些我都远远没有做到，辜负了他的殷切希望。我觉得任何强调客观的话都是托词，写到这里，真是非常惭愧！

就在我离开陕西的那几年，费老师居然写出了几部长篇小说，一九九三年一部《女人们》，一九九五年一部《情人们》，一九九六年一部《弟兄们》。这三部在一九九八年由陕西旅游出版社冠以"中国西部民俗风情三部曲"出版。后来我得知，这些作品

左图:《弟兄们》书影

右图:《弟兄们》衬页作者题字

都是费老师花数年时间,利用晚上和周末写成的。我看他的这
些书,写的都是发生在关中大地上的老一辈人的故事,他们的为
人与处事、欢乐与悲哀、希望与绝望、辉煌与苦难,折射出了那个
时代的影子,也贯穿着费老师对世道人心的思考。在语言风格
上,描摹事物、对话交流,尽量采用很朴实的典型的关中民间用
语,比《白鹿原》的语言更原生态一些。费老师是生在民国的人,
他从小看到的情形以及自身的感受,还有他祖父给他讲的故事
以及后来他从田间地头、路旁沟边、街巷庙台、胡基壕、砖瓦窑、
乱葬坟、捶布石、麦场畔听到的各种故事,在他的心里碰撞,使他
激动、昂扬、悲愤、怀恋,有强烈地把他们写下来的欲望,于是就
有了这几本书。但听说这几本书是当时交给一个书商去出版
的,我估计书商可能想把它包装成言情类的畅销书,走的下层路
线,图的是赚钱,从书名似乎也吐露出这样的倾向,使这套书地

位和影响都大打折扣，没有引起评论界的重视和读书界的更多反响。我在写此文时查了一下百度，发现介绍费老师时，说还有两本书，叫《勇士们》《妯娌们》等，但费老师从来没给我送过，我在孔夫子旧书网上，也遍查不到这两本书的痕迹。隐约记得费老师曾有一次似乎给我说过，那三本书的出版他不太满意，还有两本书就放起来了云云。指的大概就是这两本吧！

　　一九九九年元月，是春节期间，我去咸阳给费老师拜年，他便把这三本书题上"倚平贤棣留念"送给了我。二〇一四年，费老师又出版了一部长篇小说《红头绳悲喜剧》，也签送给了我。

　　当年在写这几部书时，费老师就说过，给他讲过故事的人都相继去世了。而目前，农村经过二十几年的变迁，更是发生了很大改变，书中描写的生活场景离我们更加远去，因而这几本书显得更为珍贵，我觉得。下次见了费老师，我当建议他，把这三本以及从未面世的那两本重版和出版，这应该是很有意义的。

　　　　　　　　　　　　　　　　　二〇二一年三月

志同道合，天涯咫尺

——介子平先生的赠书

与介子平先生交往是我办《面点视界》太原专题时，为我组稿的黄海波女士约他写了文章，文字很好，给我留下深刻印象。他的名字说起来也很平常，但因几千年前山西有个介子推，很有风骨，所以常引起我遐想。

我与子平先生有过一面之缘。好像是那次约稿两年后一个深冬，我到太原开深圳市内刊年会，请韩石山、鲁顺民、介子平和成向阳诸先生一起聚餐（唐晋先生因晚上报纸做版而未能见面）。那天子平先生来得稍晚，我们已喝了几杯，这时匆匆进来一位中等身材、寸头、短须的汉子，韩老师介绍说，这就是介子平。谈话中，韩老师赞扬他说："子平这几年写作大进，已经是一位文史学者了。"但那次时间有限，未及深聊。散的时候，他说有机会再坐一下，但我日程太紧，第二天要去平遥。他就说，欠我两瓶老白（老白汾酒）。其实，初次见面，哪来的"欠"，这都是他对朋友的一片赤诚，让我很是感动。山西、陕西，大体上人的脾性，还是很相近的。

之后在微信上多有往来，竟与他同在好几个微信群里，他常有文章贴出了共享，我因此常会读到他的新作。我看他的文章，如嚼橄榄，回味悠长；如饮琼浆，痛快淋漓。其杂文有立场，视觉敏锐，犀利激扬，其文史随笔钩沉辑佚，发微抉隐，烛幽见趣。没有独立思想，没有满腹诗书，如何能够做到？我看到有人在网上说："以前以为介子平是一个老先生，后来才知道还比自己小。"我在他的博客上看到，他的作品产出量很大，放到上面的已有近两千篇，涉及的面也很广泛，内容驳杂，甚至旁及书法、绘画，可见他眼界之宽，用功之勤，这就非常让我佩服。而他博客上的点击量近百万，也足见他的影响之大。

今年，介子平新出两本书，《我是编辑》和《民国情事》，惠赠于我，收到书后，不胜喜悦，因为不光内容是我喜欢的，书籍装帧淡雅大方，也深得我心。尤其是《民国情事》的装帧，封面竟然是两张纸的组合，面上是用一张撕去三分之二的特种纸，书名印在上面，做了UV，然后压凹。而下面是一个整张，印一段淡红的小字。真还从来没有见过这样的封面。我亦是编辑，第一本书的内容就吸引着我；而《民国情事》，又是他《民国文事》《民国旧事》的延续，自然也是好看。只是题赠太简单了，我当时已想写"我的签名本"这样一个系列，就想了一个补救的办法，微信他说，能不能再写几句话，微信给我，我再用毛笔抄上去。子平不久就发来一段文字：

倚平兄，余之道友矣。某年太原匆匆一晤，之后多有文字往还。

先来者后到，相识虽短而能近者，必为同道之人，故曰志同道合，天涯咫尺，情义相悖，同室千里。奉上此书，一来留念，文人相交，无非一纸；一来指谬，倘蒙见教，余之幸也！

我立即濡墨颖毫，抄之于他题赠之旁，并记下"子平兄微信

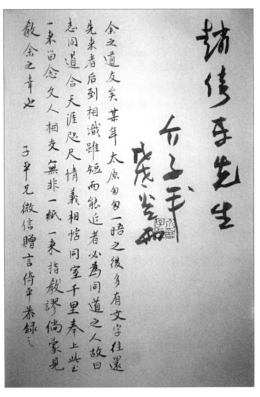

《民国情事》衬页作者题字

赠言倚平恭录之"，可惜这纸太光，不太配合笔墨，而我又用心太切，反而"有心栽花花不成"，字便写得非常不堪，糟蹋了他的这段好文和美意。惶恐之下，我拍照发给他说："这纸写不成小字，彻底让我弄坏了，真是汗颜！"子平兄反而安慰我说："一野一范，相得益彰。很好！"但我看着自己的那些破字，心里还是觉得很别扭。

二〇一八年十一月二日

青春留痕，秋声回荡

——和谷先生的签名书

二十世纪八十年代我在西安时，和谷先生的大名就如雷贯耳。那时经常会读到他优美的散文，为他文章中的人文情怀和文学气息所感动所吸引，而后又为他的一部报告文学《市长张铁民》和风靡全国的电视剧《铁市长》所征服（张铁民是一位曾在和谷的家乡铜川市担任市长后又在西安担任市长的官员，因为作风朴实、一心为民而深得两市人民爱戴），不由我们这些爱好文学的人对他产生崇拜之情。当然和谷的作品不止这些，他结集出版过散文集二十多部，获得全国优秀散文奖、柳青文学奖、冰心散文奖以及全国优秀报告文学奖等许多奖。那时记得见过和谷先生一面，当时我们组织了一个陕西省经济政治研究会，研究会要开展活动，没有经费不行，就找一些在改革上崭露头角的企业家来做理事，以取得经济上的支持。当年西安环保锅炉公司的总经理郭永胜先生就担任了我们的常务理事，在他名片上印的十几个头衔中，把我们研究会的就排在第二位。记得有一次我和副会长马治权去找郭总商量一件事，就在郭总的公司，见了和谷老师一面，因为我们的事情很快谈好，而和谷老师后边才来，所以见面时间很短，仅仅打了一声招呼而已。那时对和谷老师是很仰视且有点敬畏的——当然，现在也仍然仰视，只是亲近了许多。

之后一九九二年,我去了深圳,然后又不得不返回。一九九三年初,我又南下海口,没多久又转去深圳。我一点也不知道,和谷老师竟然和我同一年离开西安,去了海南(只是在多年以后,我才得知了这一消息)。和谷老师到了海口,仍然从事他的文化工作,而我则到了企业上班。我这一去是连根都拔了——户口和工作关系都带走了,而和谷老师却仅仅是客居海口,而且八年之后,于新世纪到来之际,又回到了西安。回来九年之后,他又在五十七岁时退休,而且这一退退得很彻底,居然退回了生养他的故乡,过起了田园耕读的生活——现在农村通水通电,道路畅通,空气清新,蔬菜鲜美,泥土芬芳,想来都很美!且看看他在《归园》一书中的一些描绘吧:

"土原苍茫,沟壑幽深,小路蜿蜒,月光下我又回老家了。

一阵大风起兮,沙尘朝我扑来,是我的春天的故土,站了起来,飞舞了起来,迎迓她的游子回家。

没有灯光,没有人声鼎沸,老家疲倦地睡着了。我把脚步放得轻轻,怎么狗也不叫了?噢,是它的鼻子已经嗅熟了主人的气味,一位少小离家老大回的主人。

推开家门,年迈的父母未眠,牵动了风筝线似的灯绳,拥抱我的是宁静的光明,一颗心终于停泊了。"这文章虽然写得晚,但我把它看作是他归家感受的第一篇。

再看:"端午节后的一个傍晚,我站在老家的田地里,挥舞着四十年后重逢的镢头,挖出稿纸格子一样的湿润的土坑儿。白发苍苍的老母亲,跟在后面佝偻着腰,栽种一棵棵被日头晒蔫了的红苕苗。弟媳妇从地头窖里吊起一桶水,一碗水浇三棵红苕苗。侄子说红苕不好吃,没有一起来地里,在家中电脑网上'狂奔'。

老母亲夸我的坑儿挖得好,像我小时候写的字一样端正。我回乡务农时十七八岁,正是青春年少,如今栽种红苕的手艺没有忘,就像忘不了母亲慈眉善目的面孔,忘不了老家沟壑纵横的模样。

三弟卸了村长的任,买了台电脑玩儿,与在延安石油上班的女儿视频对话,我也用五笔打上几句话,像挥舞镢头寻思操作的记忆。我也要提前退休了,四十年前是从镇上中学,四十年后是从省城,又一次回到老家的土地上。故园将芜,归去来兮。

红苕是农事诗,是诗的生活与人生。我在这个傍晚,在老家土原上,栽种完几十行红苕,搀着老母亲荷锄回家。炊烟袅袅,鸡犬之声相闻,这是温暖的怀抱,我这四十年都跑到哪里去了?"看看,在故乡大地的怀抱,在年迈的父母身边,这样的生活多么温馨惬意!

但和谷老师不是从此不问世事,再看一篇:"春天又来了,我扛着锄头走在故园的土路上,在苹果园耕耘。

挖了一棵碗口粗的核桃树,移栽到小学堂住舍的门前。

阳光很暖,风很暖,土味很暖。

找在屏幕上偷菜的侄子,我用新茧手按动鼠标,手有点疼,后背上的汗凉凉的。打开邮箱和博客,我又进入刚刚逃出的都市,忘却了身在桃花源里。

归去来兮,田园将芜胡不归?

锄头与鼠标,现代耕读生活,平静如春天的柳芽。锄头是最后的守望,而乡下老鼠已极少见,猫仍然妩媚,鼠标却在庄稼人后代的手指间窜来窜去,闪着诡异的眸子。"

这是他前些年出的一本散文集子《归园》里前边的几篇,诗一样的句子,诗一样的生活,深深地吸引和感动着我,忍不住把它们引到这里。

与和谷老师暌违二十多年后,二〇一三年,我因为要办《面点视界》杂志的创刊号,在西安约了很多作家写稿,于是给和谷老师的博客留言,说想约他写一篇在海南时寻找家乡面食的文章,要得较紧,和老师很快就把文章发来,但只记了一件小事,篇幅较短,我意犹未尽,说能否再补充一点内容,和老师不以为忤,又丰富了一些内容,很为敝刊增色。他把这篇文章也收在《归园》里,文后说:"今日忆起我在海南岛吃面的点滴往事,赶飞机之前记之,不禁怅然而温暖。"原来是他赶飞机之前为我救的急。

之后,便与和谷老师有了微信的往还和过年时的小聚。二〇一七年春节前夕,我在西安汉唐书店签售新书《五味字》,和谷老师还前来为我站台,让我深受感动。和谷老师说是退休,其实就是不再干公务而已,其文学活动并未停歇,我看他又是做舞剧《白鹿原》《长恨歌》的编剧(这些舞剧非常叫座),又是写中国历史文化名人传系列丛书的《柳公权传》,专家认为该传"论述清晰,语言简明,在对传主书法艺术的阐述和描绘中,作者下了功力,是一本有特色的传记作品",又写了厚厚的纪实文学《阅读徐山林》,还有《音乐家赵季平》,虽然他说花甲之后"疲马再三嘶",但这么高的水准,这么大的文字量,不是健笔,焉能做到!

和谷老师同时还是书法家,他的字品位很高,《归园》的书名,就出自他的手笔。他在书上的毛笔签名,秀雅脱俗,书卷气扑面,我非常喜爱,今年再聚,他送我一本《秋声》,是他一九八二至二〇一七年在《人民日报》上发表的四十三篇散文作品的结集。和谷老师在扉页上题道:"青春留痕,秋声回荡。赵倚平先生正之,和谷,二〇一九年三月二十三日长安。"这些文字基本上

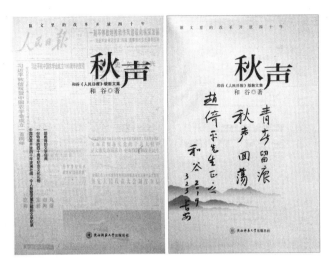

左图:《秋声》书影
右图:《秋声》扉页作者题字

是改革开放之后近四十年间的产品,和谷老师用白描的手法记下了这波澜壮阔的近四十年的某一个侧面,某一个瞬间,文字优美,才思隽永,内文还影印了当年报纸的版面,非常独特好看。

二〇一九年二月二十日

青春留痕,秋声回荡

物禁大盛

——朱鸿先生的签名书

在我离开西安往南方谋食之前，朱鸿先生的散文就频频入目，那时他在出版社工作，但素不相识。一直以来，我自己虽不在文学界，也不在故土生活，但年年都会回来，对朱鸿先生的文学成就了然于心。比如看到他出版的新书，比如看到他获奖的消息等等，自然是很仰慕。后来他担任了省作协的副主席，也是实至名归。

与朱鸿先生的交往是很多年以后的事情，记不清哪一年，我自己选编、设计封面，由香港公元出版社出版的《鲁迅论中国社会改造》，送给同学马治权一本，书给他若许年后，有一次他不经意地给我说："朱鸿看到了你那本书，说你看人家这书做的（赞美之意）！"这话颇让我受宠若惊，朱鸿出版社出身，做的啥好书没见过，却夸赞这本小书！于是我赶快给朱鸿老师送了一本，托马治权转交。

第一次与朱鸿先生近距离接触，是在我二○○七年回西安短暂工作时一次在荞麦园吃饭。先有一个饭局，已经吃了个七七八八，马治权又带我去另一个包间，大概这个饭局也请了马治权，我贸然跟了进去，一看满满一桌人，陈忠实老师坐在上座，我当时就有点窘迫，但已不好退场，忙乱间有人招呼我落了座，就在朱鸿和邢小利之间。因为有了那本书的铺垫，所以虽然交谈不多,但并不显得特别陌生。再一次的见面,已是五年之后,是给《面点视界》约创刊号的稿,这本刊物我们是计划在全国范围一个城市一个城市地做专题,展示这个城市独特的面食文化,首选就是古都西安,因为我认为陕西就是中国的面食之祖,自然这没有经过严密科学的论证,只是我对故乡的感情上的私爱。杂志的第一个栏目"城说"是重头头条,需两篇文章,要求高度概括城市的地域文化特点和市民的文化性格,已选了一篇贾平凹的《西安这座城》。我对朱鸿散文中浓郁的历史场景和人文情怀一直击节赞叹,所以觉得这第二篇非他莫属,朱鸿老师果然很快写来了分量足重的一篇《西安,一座文化馨香之城》。但文章略长,需要删节,我迟迟不敢下手,因为朱鸿已是名满天下的散文大师,删其不敬,但不删杂志又不好安排。犹豫中,电询马治权,马治权说:"朱鸿的文章岂是随便删得的? 你们是个'神马'杂志(按:陕北话,蔑视之意),敢删朱鸿的文章!"这下说得我心里更是沉重不安,最后一想,还是给朱鸿打电话说明和请示一下。没想到朱鸿听后,在电话那头哈哈一笑说:"这么一点小事有什么为难的,我以为是什么大事呢!"我没想到朱鸿老师这么宽宏大量替人着想,心里一下于轻松起来,这篇文章最后以删节刊载。

后来与朱鸿老师交往渐多,得知这个身材并不高大的人,心里却是满满的正义感,眼里揉不得沙子,有时甚至会为素不相识的路人打抱不平。他的这种品格很让我尊敬。同时他又是一个性情中人,敢爱敢恨,年轻时和同事到北京出差,爱上了一个萍水相逢的朝鲜族女孩,一见钟情,便不管不顾地跟她从北京到天津,从天津到蛟河……这种性格又让我觉得可爱。他认定一个目标,就会义无反顾地把它完成,不管遇到多大的阻力和困难。我觉得这就是可以相交的人。二〇一六年,我的一本散文集《五

左图:《历史的星空》书影
右图:《历史的星空》衬页作者题字

味字》将要付梓,我也难以免俗地找了一些大家做一点评介,其中就有朱鸿先生,朱鸿没有推辞,看了我的文章后,很热情地援笔写道:"赵倚平是一个久居深圳的陕西人,好作散文,遂为相识。神会经年,面晤一二,敢断是今之君子。作品多短,在这个到处膨胀的世纪便略显不合,然而此恰是其可贵。往往是一人、一事、一论,高在有感而发,尽为活着的体验与见解,很丰富的,如五味杂渗。不哗可靠,无欺可信,诚是心的交流。"在这本书的签售会上,他还莅临发言,那真是把我作为朋友的。

朱鸿先生的散文大多属于文化散文和学者散文,他萃取了中国传统散文的精华,又有自己奇异的想象力和娴熟的表现力,堪称中国当代的散文大家。他的散文曾获得首届冰心散文奖、第二届老舍散文奖等,还被录入中学教科书。我尤爱他发思古之幽情的历史散文,视野开阔,想象丰富,感情深沉,余味悠长,涨满了作者的生命情感体验。当年一本《关中踏梦》（四川文艺出版社一九九四年版），让我捧读难舍，神往不已，从西安带到深圳。他的另一本散文集《长安是中国的心》，受到周燕芬教授的褒扬，评论说："这是一本历史文化信息丰富，具有阐释性与学术性的散文作品"，"无论作家在历史文化考察的积累和表现方面，还是思想深度的磨砺和散文艺术性的营造方面，当属一本系统的集大成的优秀之作"。后来朱鸿先生又送我一本散文自选本《历史的星空》，并题词："谨呈赵倚平先生雅正，物禁大盛，朱鸿二〇一九年三月二十六日于窄门堡"——窄门堡是他的斋号。朱鸿先生在一篇文章中解释说："我的书斋以窄门堡名之，是从耶稣所训：'你们要进窄门。因为引到灭亡，那门是宽的，路是大的，进去的人也多；引到永生，那门是窄的，路是小的，找着的人也少。'"他还说："窄门堡给了我十分重要的安慰和支持。它是我唯一的，也是我最美的避难所。这里充盈着大明。这里有光。""物禁大盛"的题词，闪耀着中华文化的智慧，和那句"造化从来要忌盈"异曲而同工。

朱鸿先生如今是陕西师范大学文学院的教授，我倒是很想听一听他讲课，想必其美妙不会逊于看他的散文，但至今未偿心愿。记得二〇一七年三月二日我约他，转交他许还山老师的书，他说中午在陕西省图书馆门口见。我去了才知上午他在那里有个讲座，我赶快找会场想去听一下，但等找到，正好赶上散场，心中颇为懊悔，埋怨他不事先告诉我，我也好去听一听，但朱鸿却谦虚地说："不听也罢。"但怎么能不听也罢呢？我想，还是要找机会听一次的！

二〇一九三月三十日

白鹿原头信马行

——邢小利先生的签名本

　　无须讳言，过去对邢小利先生是比较陌生的，因为他主要是从事文艺理论研究，搞评论。用时下时髦的说法，他从事的这个行当，在文艺这个领域，是比较"小众"的。但其大名却早有耳闻。遗憾的是，虽闻名而未能见面。一直到二十一世纪的第七还是第八个年头，才在荞麦园的一次饭局上邂逅了邢小利先生。

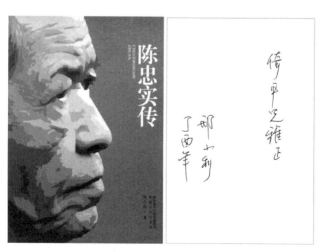

左图：《陈忠实传》书影
右图：《陈忠实传》衬页作者题字

书香手泽暖

大概又过了五六年，因为约稿（《面点视界》稿）而又在一起吃饭。那时小利先生大概正在忙着电影《白鹿原》的一些事情，但仍然抽空为我写了一篇反映陕西关中民俗的文章。其实在这之前，我还从朋友寇恒先生的口中得知邢小利的书法很好，因为他去了邢小利主持的白鹿书院，书院里挂有他的墨宝，于是在手机短信上给我介绍。我虽没见真迹，但却相信他的话，主观上认为邢小利的字不会差（虽然有点唯心，但是从他的学养为人来判断，还是有点依据的），同时心向往之。后来我大胆冒昧地向他求字，邢小利跟我讲条件，说让我先写一幅给他。我倒是很愿意，但我练字不久，实在拿不出手。但邢小利并不计较，不久寄来一副对联，内容是"高山流水琴三弄，明月清风酒一樽"。落款是"癸巳年，邢小利"，让我得以见识到他那潇洒飘逸的书法。后来有一次，邢老师跟我开玩笑说："赵倚平不给我字主要是怕吃亏，怕给了我我不给他写。"我赶忙解释说："绝无此意，我的字不敢拿出来实在是怕露丑。"但终于，我在数年之后，勉力写了一幅小楷《心经》送给了邢老师，总算是言而有信了。邢老师还主持了一本《秦岭》杂志，单看封面，朴素雅洁，落落大方，"秦岭"二字我猜测应该是集哪位大家的书法，端庄遒劲，夺人眼目，开本大小也是我喜爱的那种小而秀气的。一次和谢泳先生闲谈，他亦对《秦岭》赞许有加。后来邢老师也约我写点文章发在上面。我在西安签书，邢老师也拨冗出席，热情嘉言，让我心中感激。

小利先生长期在陕西省作协工作，数十年与陈忠实朝夕相处，既是同事，又亦师亦友，所以对陈忠实进行了细致的观察和深入的研究，并不断搜集各种资料，积十数年之功，写成研究陈忠实最具权威性的著作《陈忠实传》以及《陈忠实画传》。他这本大著有评传的性质，"辨而不华，质而不俚；其文直，其事核；不虚美，不

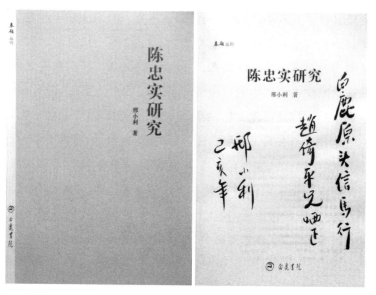

左图：《陈忠实研究》书影

右图：《陈忠实研究》扉页作者题字

隐恶"，也可以说是实录之史、持平之论。一次听他讲，传记写成后，是经过陈忠实寓目的，陈老师看后好长时间没有表态。后来他跟邢小利说："看了这本传记，觉得就像在大庭广众下被剥光了衣服。小利，还是不要出版吧！"后来又经过很长时间的沟通，陈忠实最终同意出版。但等到出版，陈老师已经是在病中。他给邢小利表示：传记资料很丰富，写得很真实客观，有些资料他也是头一回见，觉得邢小利的搜集很不容易，对他的文学活动分析冷静，也切中他的创作实际，没有胡吹，他很感动，也很赞赏。这之后不久，陈忠实就病情渐重，很快离世。我觉得，这部传记的出版，可能应该是陈忠实去世前最感到慰藉的一件事情吧！

　　邢小利是陕西省作协文学创作研究室的主任，曾任《小说评论》副主编,又兼任西北大学中国西部作家研究中心副主任和陕西省柳青文学研究会会长等职,有评论、散文、小说等著作问世。他的目光一直注视着陕西这片土地上诞生的杰出作家,柳青、陈忠实、路遥、贾平凹、方英文、杨争光……他既有很高的理论水平和专业造诣,又有深沉隽永、优美精当的文笔,人也很爽直坦荡。有时在饭桌上听他对某位作家的几句评论,话虽不多,但深中肯綮,让人折服。己亥年春节期间,他又送我一本他与邢之美编撰、由陕西人民出版社出版的《陕西文学大事记(1936—2016)》,该书记录了跨度长达八十年间陕西文学史上的诸多大事,与他们编撰的《柳青年谱》一样,具有很高的史料价值和学术地位。二〇一九年八月回陕西,和他与和谷、秦巴子聚谈,又得他一本新印的书《陈忠实研究》,内容厚重,设计朴实大方,印刷精美,他为我签了:"白鹿原头信马行,赵倚平兄哂正。"我有他签名的书不是太多,《陈忠实传》《陈忠实画传》《义无再辱》等皆为我所宝爱。

二〇一九年九月十四日

从《身体课》《跟踪记》到《大叔西游记》

——秦巴子先生的赠书

　　秦巴子,我的老乡也。先以写诗名世,继而写随笔、写评论、写小说。是一个"全面发展"的优秀作家。

　　我知道秦巴子太早太早,而认识秦巴子却太晚太晚。当年我还在西安工作的时候,便经常看到署名秦巴子的诗和文章,他这笔名也取得好,抢眼,让人一见不忘。但那时,我却不知秦巴子何方人士,多高多矮,是俊是丑,做什么工作。直到二〇一〇年,却是在深圳见到了秦巴子。那时他正在编一个叫《圈子》的深圳杂志,时值杨争光的中篇小说《少年张冲六章》出版,《圈子》便做了一期专题,大概是围绕这篇小说涉及的问题谈教育,并约我写了一篇《现在做父亲的难》。我与巴子很投缘,很快成为无话不谈的好朋友。当时他送我一本新出的诗集《纪念》,题签显然是用宾馆的铅笔所写。

　　后来偶闻巴子在写小说,且是长篇,很震撼,因为诗人中没几个转写小说的。后来,听说小说出版,二〇一二年春节回西安,打电话给巴子,那天正好我一帮中学同学在我家附近聚餐,天寒地冻的傍晚,巴子开车路过,把书带了过来,这就是《身体课》(作家出版社)。这部小说写得很是新颖,构思奇妙,是以人的身体器官——眼睛、鼻子、嘴巴、耳朵、乳房、手、女阴、脚为主线展开了小说的叙述,故叫《身体课》。小说讲的是女主人翁康美丽在中学期间,正值六十年代中后期,作为红卫兵的她跟同学们一起去批斗躲在乡下窑场的陶瓷艺术家陶纯。但是,那天她却非常走神,对陶纯的陶艺作品感到惊奇,以至于在看到陶纯雕塑的人体部位并与陶纯目光对视时,康美丽获得了她人生中唯一一次身体高潮。当晚和同学一起住在小镇的康美丽又梦游来到陶纯的工作室,使陶纯得以看到康美丽完美的人体,这人体定格在他的脑海,使他产生了以她的身体做一件陶瓷艺术品的冲动,并最终得以完成。但是,三十年后,康美丽看到当记者的女儿发在报纸上的报道——郊区的建筑工地上挖出一个窑场,且出土一件美得无以复加的、与人体一样大小的白瓷女裸体雕像时,康美丽封存的青春记忆被唤醒,并陷入了难以自拔的精神危机,一家人平静的生活也开始进入紧张状态,故事由此展开,从头到脚缓缓叙述。小说描写的是日常生活,是身体、性,但拷问的却是感情和人性。我由此看到了秦巴子写小说的本事。

巴子说除了工作之外,他每天用大量的时间写作,而且睡眠都受到影响。我想他的勤奋是不言自明的,因为二〇一三年,他送我一本书话集《窃书记》(金城出版社),二〇一五年十一月底,他来深圳参加第九届"诗歌人间"活动,带给我一本新诗集《神迹》(青海人民出版社),到二〇一六年,又一部长篇小说《跟踪记》(作家出版社),二〇一八年,他又推出最新的长篇小说《大叔西游记》(江苏凤凰文艺出版社)。《跟踪记》是一部长篇小说,写的只是第一天下午到第二天早晨这短短不到二十四个小时里所发生的事情,故事从杂志编辑马丁在街边茶楼偶然看到前妻画家王欢,突然动了跟踪她的念头开始,写他打了一辆出租车,尾随接王欢的那辆宝马车,穿过拥挤的西安城市道路、寥落的郊区

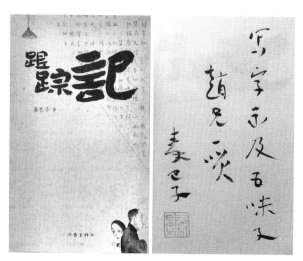

左图:《跟踪记》书影
右图:《跟踪记》衬页作者题字

马路,最后混入王欢朋友的私人会所,参加假面舞会,最后又在午夜时分住进小镇的一家旅馆,正当两人激情澎湃之时,电话铃声响起——最后,他们决定回家。小说以马丁跟踪前妻为线索,其实也一直在回顾自己的感情心路,他的犹疑、迷茫、痴情和不安的出轨……林林总总,将现代都市男女之间复杂的情感进行内省性的透视,仍然是在拷问人性。而《大叔西游记》则一脉相承,写了一位大学讲师刘军,在四十八岁的年头,忽然觉得生活平淡,人生乏味,便决定放逐自己。他买了一辆二手吉普,从西安出发,开始了一个人的自驾之旅。西行路上,他享受着自由与快乐,见识了西部壮美的风景,也遭遇了形形色色的女人……故事跌宕起伏,引人入胜。我知道,巴子是借着独自远行人的社会关系和生活环境被暂时"悬置"这样一个特殊的情境,来表现被压抑的人性的另一面。通过刘军面对一件事情时的矛盾心理,他的虚伪、放纵与克制、善良，把一个中年男人内心的渴望和纠结，恰到好处地表现了出来。当然书中还处处闪烁着很多领悟人生的金句，比如："有目的的出行是一种旅行，无目的的出行是一种流浪；介于二者之间的，目的地未明，但被朦胧的憧憬强烈吸引着的出行，是一种漫游状态。""中年男人是什么？中年男人就是意义越来越少幸福越来越薄梦境越来越浅精神越来越瘪自由越来越小方向越来越乱滋味越来越淡的丧家狗，流浪在路上，而路不在脚下。""人到中年，才知道能捂在手里的东西已经不多了。"

回到西安，有时会和巴子喝点酒，他是那种低调而沉稳，不显山不露水的典型的陕西人，秦巴子实际上是他的笔名——想一想应该是秦巴之子的意思，我不知道这里边是不是有什么特殊的含义，我也没有问过。二〇一八年春节期间我们在文川书坊约见，题签时我请他在书上多写几个字，他在《大叔西游记》的扉页上写道："春风十里，不如赵家瘦金体"，在《跟踪记》上题道："写字不及五味子，赵兄一笑"，前一句是跟我开玩笑，而后一句，则是自谦了。不记得巴子哪一年开始练习书法，渐渐地，字写得不同凡响，尤其是章草，渐臻化境，不知几时，秦巴子的身份认知上，除了诗人、小说家之外，还要多一个书法家了！

二〇一八年十二月九日

村子是我们的生存之根，创作之背靠点
——冯积岐先生的签名书

在陕西的作家中，冯积岐的经历最为独特，按时下的时髦说法，当然也最为励志。他中学正赶上六十年代中后期，一毕业就回乡务农，在农村一干就是十五年。手拉架子车，心怀文学梦，白天在田地里耕耘庄稼，夜晚在书桌上梳理文字。庄稼种一料，虽然辛苦，但有收获；文字他耕耘了许多年，也很辛苦，却颗粒无收。当我后来看到身体单薄的冯老师，心里就嘀咕他怎样承受这双重耕耘的沉重与繁劳。不光这些，当时的农村生活艰苦，经济压力大，冯老师还要省吃俭用，花钱买书，有时为买一本好书，要走几十公里到县城。但命运还是青睐坚信未来的希望者、信念执着的坚持者和锲而不舍的努力者。一九八二年秋，正在地里掰苞谷的冯积岐遇到了下乡组稿的《延河》杂志编辑徐岳，不久，他的处女作《续绳》在《延河》上发表了，这给了他很大的鼓舞，使他的命运也发生了一点变化，他被抽到乡广播站搞通讯报道，算是和文字打上了一点交道。这之后几年，他又进入人生的低谷，小说不断被退稿，直到一九八六年，他的成名作《舅舅外甥》在《延河》叫响，《作品与争鸣》杂志转载，他的命运又发生了一次转折——这时，徐岳筹办一份叫《中外纪实文学》的杂志，便邀请冯积岐来帮忙一起办刊物，他这才从岐山农村踏进了省城，进入了省作协的大院。但是,《中外纪实文学》当时没有编制,没有经费,没有办公场所,更没有他住的地方,冯积岐便打游击般的这里住住,那里睡睡。吃饭更成为他的负担,为了省钱,他就吃最便宜的扯面和馍,时间一长,被扯面吃伤的他闻见扯面的味道就泛恶心。要知道,在作协的这七年,他人在作协的大院内,但身份却依然是岐山县的农民,家里还有七亩六分责任田,农忙时节要下苦打理,一家四口还要他养活。他既要工作(采访、写稿),自己还要创作(写小说),后来他又考上了西北大学作家班,又有一份学业要完成。而生活的艰难只是一方面,更严重的是身份歧视带来的自尊心的伤害,这对一个敏感的文人更为残忍。这种生活境遇,使他在那段时间成为作协大院"脸上忧郁得看一眼就想哭的那个人"(张艳茜语)。但这一切,在他的文学创作面前,都不会成为障碍,他不屈服,这种不屈服的表现就是他的作品不断见诸于各种刊物。他的顽强努力和创作实力,终于使省作协开了一个先例——他成为唯一一位以农民身份直接进入省作协机关的人。在作协做出"特招"决定之后,陈忠实老师亲自带着他面见省人事厅厅长,使他的问题尽快得以解决。一九九五年一月,冯积岐以《延河》正式编辑的身份,拿上了第一份工资。后来,他当上了专业作家,出版了《沉默的季节》等长篇小说十二部,《冯积岐短篇小说自选集》等中短篇小说集七部,《没有留住的》等散文集五部,作品也多有获奖,后来又担任了省作协的副主席。有人说他是文学朝圣路上最虔诚的信徒,有人说他是文学路上的苦行僧,有人说他像关中土地上勤勤恳恳的老黄牛,有人说他是用生命在写作,这些比喻,都不为过。冯积岐曾说:"不管从事什么工作,都要有毅力,有耐心,搞创作,尤其贵在坚持。我是屡挫屡勇的人,无论外部环境怎么变化,都不影响我的追求。"这既是他的心里话,也是实情!

　　我最早看冯老师的作品,是在二十世纪八十年代,他的名字中,一个"岐"字,地域特点非常明显,让人一下子就想到陕西的岐山县,他果然就是岐山人。记得一九八八年的时候,我在陕西省委党校做编辑,陕西汽车制造厂的曹志前兄正在省委党校上学,他和我计划合写宣传企业家的报告文学。因为他们厂就在岐山,而来自岐山的冯老师当时正在《中外纪实文学》编辑部,因此他去省作协拜访了冯积岐老师,回来说找时间我们一起再去一趟,但后来却没有成行。直到几十年后,当我因办《面点视界》这本杂志,找冯老师约稿时,才第一次和冯老师见面,已成大作家的冯老师朴实谦和仍一如关中的农民。之后,我又与冯老师在深圳、西安几次会面,相谈甚欢。冯老师也把我当作朋友,有一次他的一位乡党的孩子因为买房产生纠纷,家长来深圳试图解决但情况不明,冯老师就电话托我帮忙处理。而我在西安新书签售,冯老师不但站台捧场,而且还热情地为我在《陕西日报》写了书评。

　　在深圳这么多年,有时会从一些刊物上读到冯老师关于读书写作的文章,我很是惊异于冯老师阅读面的宽博和读书的细致,似乎世界各国的小说他都有涉猎,其优劣高下,他皆有心得和评判。他说:"三十多年来,我在读经典中写作,在写作中读经典。我喜欢契诃夫,他会使我大吃一惊,目瞪口呆;我喜欢陀思妥耶夫斯基,他会使我欲罢不能,跌落在他的思想里不能自拔;我喜欢卡夫卡,他的忧郁是我的忧郁的一部分,读他,我能看到自己;我喜欢博尔赫斯,因为他制造的'迷宫'使我无法走出去,半夜里还要拿起他的书;我喜欢福克纳,他义无反顾、一往无前地走在'原创'之路上,使我每天都在渴望中;我喜欢海明威的真

左图:《村子》书影
右图:《村子》扉页作者题字

诚、坦白、直率,他的作品中充满着惊人的智慧和'硬汉子精神';
我喜欢川端康成,他的伤感像一泓清水,我只能把这泓清水当作
镜子,而不敢将手伸进其中;我喜欢菲茨杰拉德,他的情感始终
饱满如初,始终在追求的路上,始终不把自己包藏起来,而是袒
露无遗;我喜欢马尔克斯,即使孤独到绝望的人,也能在他那里
得到爱的滋养。我喜欢加缪、鲁尔福、卡尔维诺、奥康纳、莱辛、
波特、帕斯捷尔纳克、纳博科夫……"对于好的小说,他说起来如
数家珍:"影响了世界几代作家的文学大师威廉·福克纳一生在
短篇小说和长篇小说两个领域内奋争,他的短篇小说《纪念爱米
丽的玫瑰花》《烧马棚》和长篇小说《喧哗与骚动》《八月之光》一
样令人回味无穷;海明威的短篇小说《乞力马扎罗的雪》《印第安
人营地》等名篇可以和他的长篇小说《放下,武器》《丧钟为谁而
鸣》比肩;乔伊斯以他的短篇集子《都柏林人》在文坛奠定了地位

村子是我们的生存之根,创作之背靠点

之后才写出了长篇巨著《尤利西斯》；辛格能获诺贝尔文学奖是和他写出了《市场街的斯宾诺莎》《傻瓜吉姆佩尔》等短篇精品分不开的；鲁尔福一生没写过一部长篇而名扬四海，原因是他的短篇小说魅力四射。契诃夫、莫泊桑、皮蓝德娄、博尔赫斯、吉卜林都是以短篇小说而在世界文坛挺拔的。伍尔夫的短篇小说《墙上的斑点》翻译成汉语只有三千多字，可是，要读懂它读透它非得三五遍不行。""菲茨杰拉德短篇中的一些篇什，我读过五六遍；读了卡夫卡的短篇小说《乡村医生》《饥饿艺术家》，我全身的毛孔都张开了；斯蒂芬·金的《一叶扁舟》不超过一万汉字，它的惊心动魄不亚于一部《泰坦尼克号》；加缪的一篇《不贞的妻子》使我感到毛骨悚然；而欧茨的《约会》我读了两遍还是目瞪口呆。读马拉默德、卡佛的短篇是无比愉悦的享受；读博尔赫斯的短篇必须端端正正地坐起来，边读边想；卡尔维诺早期的一些短篇是一幅幅优美的油画；贝克特的短篇和他的话剧一样，读罢之后使人沉思良久；川端康成把哀伤凄婉的调子贯穿于小说始终。"冯老师的介绍，三言两语，却会激起你阅读的兴趣，所以他的读书心得往往会成为我读小说的指引，我会按他的评介记下书名，下次到图书馆，就借来一读。二〇一九年春节期间，冯老师又送我两本陕西师范大学出版总社出版的他的读书笔记《品味经典》和陕西人民出版社出版的《冯积岐短篇小说自选集》，他在这两本书上分别为我题道："满腹方块字，全身硬骨头。""倚书为山，平（凭）笔而啸。"二〇二〇年七月，我又在西安古旧书店淘到太白文艺出版社出版的他一本长篇小说《村子》，冯老师后来在书上题下："村子是我们的生存之根，创作之背靠点。"这样，我就又多了几本他的签名本。

一九八三年，冯老师走上了文学创作的道路，几十年来，虽不时有长篇、中篇问世，但他始终看重短篇小说，而且一直尝试用各种手法——写实的、荒诞的、虚幻的，意识流动，心理分析，多角度多人称多线条叙述等等来进行创作。在短篇小说的创作上可谓是殚精竭虑、苦心经营。之所以这样，是因为冯老师认为，短篇小说最折磨小说家，最能锤炼小说家，也最能检验小说家。如今，有人称冯老师为"陕西短篇王"，可见短篇小说在他文学事业中的分量和地位。他说："短篇的精妙在于篇幅小，容量大，分量重。不张扬，不卖弄，沉着、沉静地书写是短篇最好的出路。"这大概就是他的短篇观。有意思的是，冯老师读了那么多外国小说，他笔下的人物场景对话，却永远是地道的陕西本土，而且大多数都在一个叫凤山县松岭村这个"小说意义上的空间"，让陕西人读来如身临其境，亲切自然。这足见冯老师并非像有些小说家那样，在小说中留下"食洋不化"的痕迹，他是早已把养料转化成为累累果实了。

二〇二一年一月二十八日

只要心中有,就属于你

——张艳茜女士的赠书

近二三年才认识张艳茜。但在认识她之前,大概已有七八年的铺垫。张艳茜是一九八一年以她家所在的华阴县文科状元而进入西北大学中文系的,一九八五年毕业后即分配到陕西省作协工作,在《延河》杂志当编辑。那时我并不看《延河》,也从未给《延河》投过稿,所以并不知道《延河》有个张艳茜。但是,当我离乡十多年后,在春节回家参加朋友聚会上,以及我回西安工作那段时间与朋友聊天时,不时会听到有人说起张艳茜,说她的经历、性格和长相的出众,有点"逢人到处说项斯"的感觉。像有一次,什么语境下已经忘了,听到马治权说这样一句话:"张艳茜当时说,攥一把空气都是苦的(大意)。"后来我才知道,张艳茜有过一段不幸的婚姻,这话大概是张艳茜形容日子过不下去的情形。也从杨争光口中几次听他说起张艳茜。当我耳朵里张艳茜这个名字听得多了的时候,我一次就问马治权你认识张艳茜吗?马治权当然是认识的。我说:"我老听你们说张艳茜。"他就说:"张艳茜你不知道她长得有多漂亮,当年是西北大学的校花,个子高挑,往那里一站,叫人惊艳,把一个高年级学兄迷得……后来在《延河》工作,是省作协大院的一道风景……"我也才知道陕西文学圈里有这样一个人,但是说归说,我依旧是无缘相见。

直到二〇一七年过年期间,马治权当年的手下的一个编辑毛毛从美国回来探亲,她与张艳茜、周燕芬都是闺密般的朋友,她要做东聚会,马治权便叫上了我,我这才得以有幸一睹天颜。那天的聚餐,还有一个刘炜评教授。我与毛毛、张艳茜是第一次见,与周燕芬、刘炜评二位教授也不是很熟,所以我只是一个旁观旁听者。但就此就算认识了。过后,她们在群里晒过去的照片,马治权还特意把我叫到跟前,指着一张黑白照片说:"你看看当年的张艳茜!"似乎我不认可张艳茜的美丽、而他所言有虚似的。于是我给他说:"不光当年漂亮,现在也还光彩照人呢!"

　　那天张艳茜带了一瓶酒,我因开车,没敢喝,但临走时,我看那酒瓶的包装像竹简一样,就说给我吧。带回来后,把它掰直,用细砂纸把背面打磨一番,我想,这上边是否可以写字? 就试着用小楷抄了贾谊的《过秦论》。因第一次写,换了几支笔,才完成,我认为写得不好。恰好几天后梁锦奎兄请吃饭,马治权也去,我便带上这个竹简想请他看看,不想张艳茜也去赴宴,我便说:"张老师,你看,这就是那天用你的酒的包装写的。"马治权立即说:"那你就送给张老师吧!"我想送人要送好的,这幅写得并不满意。但马治权说写好了,再拿回来就显得小气,就只好给了张艳茜。

　　这之后,与张艳茜接触就多了起来,春节聚餐以及杨争光新书在西安的发布会等等,常会碰面。这时我才得知,她已经离开自己辛勤耕耘了二十八载的《延河》杂志,调到陕西省社科院文学研究所任所长,且主编一本叫《文谈》的高品质的刊物。我试着投了几篇稿,都被张老师采用。今年过年,大家又相聚,我拿着她写的人物传记《貂蝉》请她题词签名,正当她踌躇着写什么时,方英文叫道:"写皇兄啊,姓赵的是皇族呢。"张艳茜领悟,即

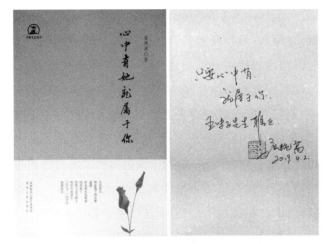

左图:《心中有她就属于你》书影
右图:《心中有她就属于你》衬页作者题字

挥笔写道:"赵皇族倚平先生指正,爱君不似赵家人,多谢五味子先生,张艳茜,二〇一九年二月二十五日"。后来,她又送我她的新著《路遥传》和散文集《心中有她就属于你》,在两本书上她分别题道:"几时归去,做个闲人,对一张琴,一壶酒,一溪云。与五味子先生共赏共勉。""只要心中有,就属于你。五味子先生雅正。张艳茜二〇一九年四月二日"。

以前总是听他们东一句西一句的说张艳茜,后来虽然见面几次,但毕竟时间短暂,她留给我的是阳光、质朴、真诚的印象和爽朗的笑声,觉得东北人的直率性格在她身上很明显,我甚至觉得她有点单纯。后来见她大学时期的同学、诗人刘炜评教授写她的诗:"清水芙蓉不自夸,罗衫西子浣溪沙。一朝泮上凌波去,西序至今无校花。"并自注云:"吐属行止,一派天真。"与我的感觉一致。但直到看了陈忠实等师友写她的文章和她自己的散文后，我才更深入地了解了她。作为一个编辑，她一直很敬业，默默无闻、踏踏实实地耕耘，奉献，不论是谁的稿件，她严格按照刊物的标准客观、慎重地取舍，像方英文这样的熟人、名家，也被她退稿，以至于她再一次向他约稿（说希望这一期《延河》的"名家走廊"栏目里有他的文章）时，方英文都没敢给她小说稿，而是给了她两篇随笔。这就是职业精神，一丝不苟，让我肃然起敬。作为一个作家，张艳茜长期以来被埋没于编辑案头，一心一意地为他人做嫁衣，只是在后来，她才开始写作，但她的才情、感觉、思想、驾驭文字的能力，使她的作品呈现出后发的高度。如她写的《路遥传》，不但下了很大功夫整理并发掘了资料和史料，而且在结构设置、章节安排、人物形象的再现和创作真相的揭示等方面，都有突破和提升，且因为与传主既是同事又是朋友，她在行文中投注了深切的感情，使这本传记文学性与史学性融为一体，

左图：《路遥传》书影

右图：《路遥传》衬页作者题字

增强了传记的感染力。出版社称其为"第一部真实记录路遥文学人生轨迹的传记文学读本"。文学评论家、西北大学教授周燕芬认为，其"为传记文学写作提供了有价值的经验"，既"写出了真实的路遥，也写出了她心中的路遥"。而她的散文，在多个角度上展开，与父母的相处，与师友的交往，所见所闻，记人记事，有感而发，笔触所及，感性而细腻，鲜活而灵动，柔软而温暖，独到而深刻。她的人生体验，经她的妙笔升华展现，让我们读来，感同身受，引起心灵的震动和共鸣，她的文字甚至于"在不经意间表现了极强的刻画性格、探究灵魂、描摹时代的能力"（李国平语）。而我感受到的，是一个善良真诚、乐观单纯、坚韧开朗而又善于思考、独立睿智的女性，在她的美貌之外。

二〇一九年四月三十日

玉如才德两无瑕

——周燕芬教授赠书《燕语集》

认识周燕芬教授好像在很多年前且不止一次的春节聚餐上。她和马治权都是陕北人，又很熟悉。逢年过节大概总要聚一聚。本来这种老乡聚餐是没有我的份的，但因为我是从外地回来，难得一见，所以马治权总会破例叫上我。于是和周教授有了点头之交，她留给我知性美丽、爽朗大方的第一印象。这种聚会在酒酣饭饱之际，总要唱唱陕北民歌。在很多人唱过之后，就鼓动周教授唱。往往，周教授这时就完全不是高等学府教授的架势，而像一个在延安大学工作时她的教研室主任说她的陕北"俊婆姨"，绵绵地坐在座位上唱一首"……想你呀想你呀，实实地想死个你……"

见面多了以后，才慢慢和周教授熟悉起来。知道她的术业是中国现当代文学，专攻胡风和"七月""希望"文学社团流派，著有《执守·反拨·超越——七月派史论》《因缘际会——七月社、希望社及相关现代文学社团研究》等学术著作，而且是博士生导师。这么年轻就当了博导，让我还是十分吃惊的。但了解并不深入。二〇一八年某月，我在广东省作协办的《广东文坛》报上看到她写的整版《杨争光的"光"》，一读之下，被她对一个作家整体的把握、高屋建瓴的目光，鞭辟入里的分析，理性与感性交织得恰如其分的文字所折服，心里说，这教授可不是白给的！

去年七月中旬我回到西安。八月某一天，周教授忽然在微信上问我是不是在西安，我说在。她说，那好，她要组织一次聚会，并告知我时间地点。我和大家也很久未见了，听说即使在西安的人，因为疫情，大家也都憋了半年多没有见面。于是那一天，在西高新的一个会所，聚了十几个朋友。大家喝酒唱歌，好不高兴。周教授给大家带来的，则是她的新著，由三联书店出版的一本散文集《燕语集》。浅浅的湖蓝的封面，精装，一上一下两只燕子。周燕芬所著，书名用"燕语"二字，封面用飞翔的燕子恰到好处。她的这本集子，是她除了学术论著之外十几年所写文章的一个集萃，分为四个部分："读懂至亲"，写故乡、父母、姐妹以及老师、学生等；"学路遥遥"，写求学时期的往事、同学以及学习等；"高山仰止"，主要是写她研究胡风期间访问相关文化老人的情形，像贾植芳、绿原、牛汉、胡征以及梅志等；"触摸文心"，收集了评莫言、海波、张艳茜等十几个人著作的文章，可看作是用

《燕语集》书影

书香手泽暖

随笔写的文学评论。我读之,渐渐被吸引,用两天时间通读一遍,掩卷而思,既给我阅读的快感,又深受教益。说实在的,我本不敢妄评周教授的文章,自己也没有这个水平和资格,且有老话教导露巧不如藏拙。但要写这篇文章,总得说点话,所以也就只能不揣浅陋,胡乱谈点感受。我觉得,首先就是真诚。周教授是教文学的,所研究的七月派文人也都是用生命在写作,所以她深知写散文的真谛,故她的文字,不论写父母、姐妹、老师、学生,还是写自己的学习、研究和教学生涯,写与人的交往,笔下都是真情流露,没有任何遮遮掩掩或者矫揉造作,更没有一点点故作姿态、虚张声势这些毛病。她写自己在榆林的经历,写父亲在病房舞剑,写父母的爱情,写老师写同学写学生,以及自己中年的感悟,都是那么率真坦诚。有些话,会引发我深深的共鸣。如写母亲病逝的一段话:"就像母亲自己所说,好日子刚刚开始,就被老天看见了,老天为何不让母亲这样的好人多过一些好日子……"如说学生意外去世后:"我最终没有敢见少杰远道赶来的父母,不知道见了他们该说什么,我阅过的人世和我读过的书卷中,找不到一个合适的词,一句合适的话,去安慰那失去了儿子的父母的心。"还有一些话,足可以当人生警句来读:"美丽不只需要花钱,也需要一股子爱美的精神。""醉在不适当的时间和场合,那是不成熟的表现,不成熟的你,又怎么赚取你的成功人生呢?"还有一些人生的体悟,也是直达人心。比如,她把一次醉酒后的自省称为"关键性的成长"。她说自己"已经走到了能够坦然地接受人生缺憾与残破的年龄,不该有的东西也就不强求了。""我也曾想了又想,看了又看,实在觉得自己的人生别无选择。""因为年轻,所以快乐。""健康快乐地活着最重要。"

其次,是她的文字质朴,简练,生动,温婉。周教授是教文学的老师,她曾说不能容忍浅薄粗糙的文字出自自己的笔端,说抗住不写是眼高手低者最明智的选择。她博览群书,那么眼高,对自己要求又那么高标,那么,出自她手下的这些文字,自然不会平庸和一般,而是优秀之作,甚至是精品。像她收入书中的那篇《"平庸"的力量》,在《读者》上发过之后,一直广泛流传,就是证明。她的文字有时还不乏调皮幽默,如说自己每在放暑假后的两天中,会放逐自己,停止工作,恶补睡眠,不打扫房间,也不买菜做饭,以致丈夫下班回来"看着家里冰锅冷灶,老婆蓬头垢面,瞪大眼睛问,你这跟谁报仇呢?"又如想象自己老了如果丢了真性情,"学生会在背后议论你,那个刻板的老教授,不解风情,煞是可恶"。再如说一次在剧院门口碰到杨争光,在灯光中照了合影,然后一语双关地说:"如我这样做点文学评论和研究的人,本身是不会发光的,但架不住如此的强光照耀,你不沾点光也由不得你了。"

第三,就是周教授有着深厚的学养功底作依托,以理性思考作为思想支撑,所以她的文章中,不论文学判断还是生活见识,也常常闪烁着学术价值和理性思想的光芒。有时虽然是看似普通平常的一句话,但也只有她才能讲得出来,因为这一句话后面,是多年研究积累、多年思考的结果,厚积薄发。正如她所说的,"作为学者,选择散文随笔,其实也是尝试另一种方式的学术研究"。像《人与诗》《美文的大道》等篇章中阐述的诗观、散文观和文学主张就是如此。而书中最具思想冲击力的,有《活着的理由》,由讨论余华的《活着》而延伸到生命的意义,具有哲学的意味;《三八节后话女人》,则更是对女性的角色意识、角色定位进行深入的思考和讨论;还有《历史的背影,沉重的思绪》里的这样一句话:"说到底,政治,文化环境的自由宽松,才能使个性得以

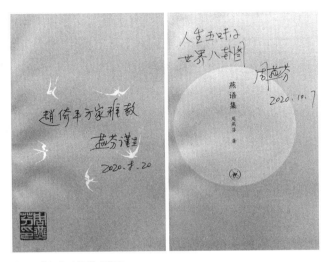

左图:《燕语集》衬页作者题字
右图:《燕语集》扉页作者题字

张扬,流派得以生长,也才能催发文学经典的诞生。"这些,都是
她文章中让人获得思想启迪的地方。

　　周教授说她自己曾经担心她的文学感觉会被枯燥的理论和
烦琐的工作所钝掉,所以十多年前她有所觉醒并重磨自己的笔
墨,试图在所有自己下笔的文字中能留下属于自己的印记。从
这本书中,可以说她做到了。读她的文章,我们会清晰地感觉到
她的情感和心灵,受她文字的感染,跟着她一起欢笑、哀愁或
思考。

　　二○二○年国庆期间,西安阴雨不断,国庆节假期的最后一
天,天气放晴,受她邀请,我来到鄠邑区龙窝酒厂的一个文学基
地,在那里要进行一场周教授新书的分享会。那天去了很多人,
有周教授的老师、同学、同事、学生、亲朋好友。周教授笑着对我
说:赵老师现在是我亲友团的人了。我当然也很荣幸。分享会

后，大家在酒厂的院子里吃了一顿丰盛的农家饭，喝着新酿的龙窝酒，好开心！饭后，到酒厂的茶室喝茶，我拿出签过名的书，让周教授再题几句话。周教授想了想，说："人生五味子。"然后意犹未尽，说下来的一句写什么？她的同学兼同事又是芳邻的刘炜评正好在侧，刘炜评是著名的近体诗诗人，她就说："炜评给想一句。"刘教授略一思索说："世界八卦图。"周教授沉吟一下，说："好，那就写这个。"于是就有了在扉页上的题词："人生五味子，世界八卦图。"

刘炜评教授曾有一首写她的诗：

> 格局天生是大家，玉如才德两无瑕。
> 榆溪光武矜妻运，何羡南阳阴丽华。

而所谓光武者，贺光武先生，周教授的夫君之名也。

二〇二〇年十二月二十三日

诗豪无愧是刘郎

——刘炜评先生寄赠的书

辛丑新年刚过，就收到刘炜评先生的快递。我知道他的诗集到了，急忙打开来看，发现除了已从微信上看到封面的《京兆集》，还有一本新书——散文集《年华暗换在西京》，颇让我惊喜。

炜评先生斋名"半通斋"，二〇〇九年就出过一本《半通斋诗选》，但那时我尚不认识他，所以没见过这本书。我与刘炜评相识较晚，知道并注意这个名字大概是某一次马治权发给我一首他的诗，诗是近体诗——当然，刘炜评就是一个写近体诗的诗人。他的《半通斋诗选》和作为半通斋诗选二编的《京兆集》都是近体诗。当下写近体诗的人多了去了，但很多人承郭鼎堂后期所写近体诗词的流弊，大话、空话、口号、标语入诗，没有意境，没有真情，没有魂魄，缺骨少肉，是"有诗人无诗"，甚至也没有诗人也不算诗，读来味同嚼蜡。但刘炜评的那首诗，让我像读到了聂绀弩、邵燕祥、杨宪益他们写的近体诗一样，觉得古雅又新颖，韵味悠长。后来便又找来他的一些诗再读，更觉得他的诗真情充盈，意境幽深，构思奇崛巧妙，辞语丰富多姿，常有出奇制胜之句，不落前人窠臼，让人耳目一新。我觉得近体诗在聂绀弩、邵燕祥他们这一代人之后，在刘炜评这里，又有了新的传承。

所幸一两年后，与刘炜评相识并相交，情意相投。后来我有

左图:《年华暗换在西京》书影
右图:《年华暗换在西京》扉页作者题字

一本读诗读史的书,请他作序,炜评先生在序中也坦言我们的交谊,说:"赵君之于我,乃一线朋友"——即他另一种说辞所说的"钟楼朋友"(即核心圈朋友),而不是"二环""三环"的朋友。他说:"我与赵君结识不过数年,却肝胆相通。我年青时有交无类,各路朋友可谓夥矣。中岁以后,重新掂量了交游与生趣的关系,遂自疏了不少泛泛之交,唯愿与文化立场趋近者同勖互勉。倚平兄与我远隔万水千山,但彼此三观一致。无论平时的微信互动,还是偶尔的把盏晏谈,俱多三益之获。生逢斯世,这样的友人难得多有,其实也不必多有。我曾写过一首绝句,是题赠书法家赵熊先生的:'暌违翻酿想思醇,尘市隐踪祈莫嗔。名士东京俱识见,爱君不似那帮人。'何谓'那帮人'?当今乡愿是也。我觉得后二句转呈倚平兄,也合适得很。"

后来,就总能从微信上读到他的新诗,每每让我吟咏再三,击节赞叹。他是西北大学文学院教授,西北大学学报编审兼期刊中心主任,又是作家,出版著作十余种。他学养丰厚,尤于古诗词有独到的研究与执着的兴趣,不仅能驾驭骚体、古风、格律诗、词和散曲,亦能作新诗,是多面手,且出手不凡,笔下绝少平庸之作,总能为人之欲言而不能言。教学、科研和编刊是他的工作,我不知其具体状态,但也从其业师薛瑞生先生笔下得知一点消息:"当他刚刚走上三尺讲坛时,即闻其未执讲稿,却口若悬河,学生听得咬筋废职,悬颔下垂,师徒都进入痴迷状态。青年教师能获得如此令人惊叹的教学效果,实属罕见。随后在科研上也用功甚多,每每高文刊出,多有反响,屡屡获奖或被转载。"因此老师目他为后继硕人、跨灶龙驹。我和炜评的交往,自然大多是在聚会时碰面。他善酒,多豪饮,酒多之后,诗人风流倜傥才华横溢的本性显露,或诵古诗,或吟新句,嬉笑怒骂,真率可爱,直让人觉得这就是活在当下的唐宋诗人。中国古代诗人多有家国情怀和忧患意识,这秉性也遗传给了刘炜评,所以他的诗中,不光有山川美景、同学情谊、酬和应答、庆生悼亡、迎送宴饮、评诗论文,更有咏古述今,关注社会,世相百态,赤子情怀。他的诗,风格多样,婉约清丽有之,豪放沉雄有之,深刻犀利有之,悲凉哀愤有之。我所最佩服的,是他那种把俚语俗字和流行语入诗、谐谑机巧、善于通变、翻新出奇的功夫。也最爱他那些幽默诙谐、出人意料又意味无穷、自成一格、不同凡响的诗句。

刘炜评正当壮年,在他胸中,时时飞扬着诗思,时时涌动着诗潮,正如方英文先生说的:"有事必吟句,无聊亦别裁。"他很勤奋,创作的量很大,这次的《京兆集》,是从他二〇一一至二〇一九年间所作千余首诗中精选出来的八百余首。我且试抄一些如下,所谓管中窥豹是也:

从心卧起赏烟霞，抱瓮晒书闲折花。

郁郁神禾映青舍，客来疑入杜郎家。

《邢小利兄暂栖故里，戏句以呈》

名邑重来四月天，望中不见旧桑田。

万般春意跃平野，百里笙歌动大千。

劳碌莫教生减趣，闲游最合雨如烟。

愧无才笔奉黎庶，且待华章出众贤。

《周至采风口占》

楼外枝头栖此君，清喉对我发天真。

厌听尘世争喧闹，人语何如鸟语亲？

《题李绪正先生花鸟摄影之黄喉鹀》

长安北仰老麒麟，七尺从天志意伸。

愧我中年俗儒相，愿追人瑞两头真。

《现代人物杂咏·周有光》

衣食奔波春复春，白头更爱自由身。

征尘合向青山洗，暂作挂书牛角人。

《商洛乘风杂咏八首·入山》

上世都因一事来，自家稻菽自家栽。

同期功过百年后，比例悼词三七开。

《戏赠采南台主人》

山人今又打秋风，末席充宾御宴宫。

色目时眈新蟹好，玉盘爪抢老榴红。

十壶佳酿吞蛮口，一刻摇唇似蒯通。

醉去狂吟将进酒，月朦胧也意朦胧。

《三更归记》

韵章七载检灯前，检到千篇意索然。

不古不今多俗句，非驴非马愧诸贤。

栖居久已无诗意，吟兴每羞关绮筵。

歇菜今兹祈莫笑，重为冯妇待来年。

《答友人"十日何故无诗"》

厌看州城塑此君，如云吊客往来频。

谁知革故鼎新者，元是天资刻薄人？

《商洛乘风杂咏八首·过商鞅广场》

半世功名万世留，直教后敌悯前仇。

我来深恶红尘客，鸦噪莺鸣总不羞。

《过袁崇焕烈士墓·其二》

一书重读夜西京，开卷依然意不平。

非是心伤曾嵌骨，何能泪热解哀鸣？

惯闻时议多谀颂，最厌注家笺俗情。

未必知音出当下，史评犹待本琼生。

《读新版〈落红〉呈著家》

忍看遗容对故人，此身恨不赎其身。

文章固解憎长寿，噩告犹惊闻早晨。

白鹿徘徊九霄远，哀衷隐约一书屯。

诗豪无愧是刘郎

死生难报忘年义，他日对谁呼老陈？

《悼陈公忠实先生》

平明网战到黄昏，十指屏前水火喷。

千辩到头真费劲，三声滚蛋各回村。

既知善道循公理，岂可望天犹戴盆？

歇手休教肚儿饿，馒头咥了咥馄饨。

《网辩收兵打油一律》

有一年某日，方英文给他发短信："河北一农妇，博客文友也，今自新疆拾棉返回，专程西安下车来访，入门不数语，即哭诉不幸……慰之：不幸者众。临别书四字以奉：拾花存香。"炜评即事而诗：

燕赵贫姑年四十，打工西域拾棉忙。

归程过我日将暮，掩面移时泪满裳。

未惧命途多辗转，难言世道是炎凉。

匆匆又踏风霜去，螟蠃桑园思断肠。

《奉方英文兄短信，感赋元白体追记其事》

还有这样的句子：

缁衣泮水思重洗，勉力余生做好人。

《愧报业师费秉勋教授》

百计应知走为上，今宵老子出秦关。

《北征八首》

燕歌郢曲思千载，总愧乡关是虎秦。

《过张家口其二》

品茶已惯青红白，措意难从假大空。

《夜梦沪上沙翁》

盖棺最怕千夫指，羞了先人羞后人。

《感古今刘氏事有作》

已经抄了很多，就此打住。

《京兆集》中，还附录了刘炜评的诗论《旧体诗的现代性问题》和《半通斋诗话》，都是透彻的肯綮之论，读了前者使我受益匪浅；而后者许多话都是我有感触但说不出来的，故读来心会，痛快淋漓。而他论诗的绝句，也是至理。我且再录两首："戴天应耻头颅贱，好句全凭腔血浮。沉默是金真扯淡，诗无呐喊即骷髅。""莫信骚家说法轮，诗魂只领性情真。但能张口如秦净（按秦腔大净，俗称'黑头'），乱板荒腔也动人。"

也许是贤者无所不能，炜评的散文也非常好。周燕芬教授曾评论说："刘炜评的散文情感充沛，思维活跃，知识量大，文白间杂、诗文互映的文字，读来趣味盎然。他的散文'展示了自己的知识积累和生命体验，和他对人间世相的观察和品评，以及蛮多的智慧和趣意的生活感悟。表现体式也因之不拘套路，自由多样。能够将古典和现代各种不同的文章体式拿来为他自如所用，更多情况还是熔于一炉，营造出自己的散文语境'。"对她的话，我是深以为然的。

刘炜评因为长得修短合度，面白目细，温文随和，朋友们都昵称之为刘郎。唐代也有一个自称"刘郎"的著名诗人刘禹锡，他在《玄都观桃花》和《再游玄都观》里分别说"尽是刘郎去后栽"

"前度刘郎今又来"。和刘炜评同为西北大学文学院教授的李芳民在读完《京兆集》后，在卷末题诗一首，云："风光满眼忆三唐，爱酒亲诗复爱狂。唱罢金陵怀古曲，诗豪无愧是刘郎!"这首诗是以古论今，一次，元稹、白居易、刘禹锡和韦楚客在白家喝酒，白居易提议以《金陵怀古》为题同赋，刘禹锡略一思索，一挥而就。白居易说："四人探骊，吾子先获其珠，所余麟甲何用?"三人因此搁笔，取刘诗吟咏竟日。白居易后来与刘禹锡迭相唱和，推赏刘为"诗豪"。李教授以唐代的刘郎来指代眼下的刘郎，很是贴切，故我借他一句用做标题。

二〇二一年二月二十一日

《京兆集》书影

近鲁迅，知中国

——赵瑜先生题签的书

我向来出差的机会不多，上海也就去过三次，但每次都要到鲁迅故居和鲁迅纪念馆看看。二〇一二年再去上海时，想想也没有别的什么地方可去，就又到了鲁迅纪念馆。在那里，欣然发现一本赵瑜先生的《小闲事：恋爱中的鲁迅》（武汉出版社二〇〇九年版），感到很新颖，书的装帧设计也很别致，虽然我读过《两地书》，对鲁迅与许广平的爱情故事也知道个大概，但看了目录和介绍，还是很吸引我，就毫不犹豫地买了下来。

首先是目录，作者将内容分了四十五个章节来写，每节都有个标题，每个标题都很引人。比如："之一，分享隐秘和艰难""之八，鲁迅枕下那柄短刀""之十一，爱情定则的讨论""之十四，半个鲁迅在淘气""之二十二，酒后的告密者鲁迅先生""之二十四，鲁迅的无赖""之二十七，发牢骚的鲁迅先生""之三十三，不准半夜到邮箱里投信""之三十六，二太太的谣言""之四十，怀孕时的许广平""之四十五，海婴的病与小偷"等等。在内容简介里，说这本书以《两地书》为蓝本——这是自然的事，《两地书》是这段爱情的当事人集中谈论他们爱情的文本，既然写鲁迅的恋爱，当然是要依这本书为主要依据。但仅有这个是不够的，要不人们都去看《两地书》而何必再看这本《小闲事：恋爱中的鲁迅》，因此重要的是"作者独具慧眼，发掘出信中隐藏的暧昧与相思"，又参考大量资料，来补充爱情进程中的种种细节和内容。这是书信中没有的，大大增加了这本书的可读性。我读过之后，觉得赵瑜文笔平实从容，虽然笔法慧黠，但很克制，很有分寸，并没有花过多的笔墨去臆猜某一情景，没有因为写爱情就肆意渲染。在他笔下，我们基本上看到了恋爱时期的鲁迅的基本状态和鲁迅真实可爱的一个侧面。我是认同这本书的。

但当时并没有细究作者这个人。从书的作者介绍看他在海南的《天涯》杂志社工作，是媒体人。因又记起赵瑜还写过体育方面的报告文学，如《兵败汉城》《马家军调查》，尤其是《马家军调查》，揭露马家军使用兴奋剂的事，石破天惊，影响很大。因为都是搞写作的，以为他还写过这么有名的报告文学。后来才知道，此赵瑜非彼赵瑜，写马家军的赵瑜是山西人，一九五五年生，是中国报告文学学会的副会长。而这个赵瑜是河南兰考人，一九七六年生人，还很年轻！今年前不久，《深圳商报》的"读创"栏目在微信上推出一篇音频《意外到来的孩子：海婴》，打开一看，取自赵瑜的新著《花边鲁迅》。哇，赵瑜又有一本同样风格的新著！我很惊讶也很兴奋，因为这书名也颇得我心。于是赶快让朋友在网上代买，同时产生了请作者签名的想法。但与赵瑜素无来往，如之奈何？这时想到一个朋友——西安的藏书家、收藏家崔文川先生，他与很多全国知名作家都有交往，一问，果然，赵瑜已经给他赠过这本新书了。他把赵瑜的微信名片发来，我很快就与赵瑜加上，开始交谈。才知道他已经离开《天涯》，调到河南省文学院当专业作家了。这本《花边鲁迅》，是河南文艺出版社二〇一九年一月出版的。翻开目录，仍是《小闲事：恋爱中的鲁迅》的风格，目录仍然是吸引人的小标题，而内容，容我将介绍

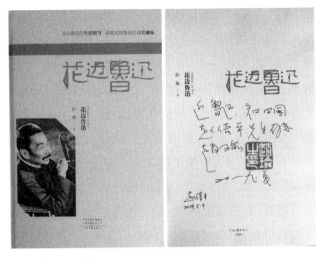

左图:《花边鲁迅》书影

右图:《花边鲁迅》扉页作者题字

照抄如下:"这是一本关于鲁迅的轻松读本。作者关注鲁迅的生活细节,通过细致的阅读对鲁迅的形象进行考证、纠错和补充,深度还原鲁迅的日常趣味,将神坛上的鲁迅送回到人间烟火的氛围中,为我们呈现出一个独立又狷介,热情又幽默,可爱又好玩的鲁迅。"我想这不是虚辞,不是广告,他一定是做到了!

在微信上要了赵瑜的地址,将他的几本书及我的几本拙著寄给他,另外还为他用小楷抄了鲁迅两首诗。不久赵瑜将签好的书寄回,并送我一本安徽文艺出版社二〇一八年出版的他的《情书里的文学史》。在《小闲事:恋爱中的鲁迅》的扉页上,他借鲁迅的诗题道:"有病不求药,无聊才读书。赵倚平先生存念,赵瑜,二〇一九,夏"。在《花边鲁迅》上题道:"近鲁迅,知中国。赵倚平先生存念,赵瑜,二〇一九,夏"。《情书里的文学史》是他的阅读笔记和"阅读的闲笔",内容更驳杂,有沈从文、张爱玲、韩少功、北岛、虹影等,他在序中说他的感想:阅读是一场和书作者的深入的交谈,因此他在这本书上题道:"阅读如交谈。赵兄倚平存念,赵瑜,二〇一九,夏月"。大概是作为回赠,他还寄了他一幅书法"清欢有味",他在微信上谦虚地说他是"画字相赠",但我觉得他的字是文人字,颇见性情,很好。

说实在的,赵瑜《花边鲁迅》里写的,也正是我多少年来想写的。若干年以来,我买了非常多的关于鲁迅的各种回忆录、传记、纪念文集,一直也想写写鲁迅的日常生活,但因为谋食不易,簿领琐繁,也是因为懒惰,至今未曾措手,然赵瑜先生的大著已经出版行世,想来只有惭愧的份!罢罢罢,且让我打开书来,潜心拜读、慢慢欣赏吧!

二〇一九年六月一日

道在真修，非关质美

——许石林先生的赠书

许石林是我们陕西人在深圳的才子。他是陕西蒲城人，蒲城本来在陕西就是比较有文化底蕴的地方。他又就学于中山大学中文系，学得满腹经纶。现正当中年。他不但知识渊博，而且多才多艺，文章写得好，尤于戏曲有很深造诣，什么剧种，什么流派，哪种唱腔，哪种做派，一个经典剧目甚至一段唱词不同流派不同的处理方式及其优劣高下，他都会分析得头头是道，令人信服。而且他还有舞台经验，会唱很多种戏曲。他还学过意大利咽声发音法，和胡松华都算是中国咽声第三代传人。近年又通晓了古诗词的吟诵。真正是才华横溢，有这本事的人，未尝多见。

最早认识许石林时，他还在《深圳商报》工作。已忘了是一个什么场合，是经娄荔介绍认识的。自那之后，见到他写的文章，便要看一看，最早看到的是他在报纸上写故乡的一些野菜，当然写得很好。但我们之间的来往不是太多，偶尔会在一些老乡的场合碰面。真正和石林交集多一些的，是二〇一三年四季度深圳市杂文学会换届之后，他当选会长而我是副会长（之一），因为这种关系，便多了一些了解和来往。觉得他在外上学工作多年，仍然是陕西关中人那种质朴的性格，急公好义，古道热肠。

文如其人，他的本性也反映到他的文章之中。许石林对事敏感，反应极快，出手成章，有时在机场等飞机的当口，一篇文章就写出来了，大有倚马可待之才。二〇一〇年，电视台在热播新拍的电视连续剧《新三国》，许石林在旅途中看了第一集，立即判定这是一个烂片，便打算好好的损一损它。每天电视播两集，他次日一篇"损"文便问世。写成后他先是放到搜狐、新浪和网易的博客上，再由编辑推荐到首页，于是观者如潮，评论蜂起。许石林损得对不对呢？我觉得是很对的。对于《新三国》，我没有看，也只是扫过一眼，大概一两分钟。我平常不太看电视，那天不知为什么拿遥控器在电视上换台，突然就换到了《新三国》，正好是诸葛亮和周瑜对白，好像是孔明问："听说你博览群书，那你的书都在哪里？"周瑜答："我是看一本烧一本……"就这段对白，就像恶心了许石林一样，立即也把我恶心住了，我毫不犹豫地换了台，自此再没看过这部剧。本来这种题材的影视，是我感兴趣的，然而我也断定，它跟吴宇森的《赤壁》一样，是一部无厘头的烂片。许石林的"损"文，热嘲冷讽，嬉笑怒骂，酣畅淋漓，很是痛快！后来他把这些文字结集成书，取名《损品新三国》，号称中国第一本"全程跟踪式"电视剧系列评论，由法律出版社出版。这是他送我的第一本书，题签是："倚平兄指谬，弟石林，二〇一二春。"

之后几年里，许石林又出了好几本书，像《饮食的隐情》《幸福的福，幸福的幸》《舌尖草木》等，但最重要的，是他的《桃花扇底看前朝》和《清风明月旧襟怀》。许石林仰慕古人，好读古书，他说自己"读他们的事迹、言语，常常会令人击节拍案，或覆书伫立，终夜徘徊，心向往之，恨不能与其生活在同一时代"。他甚至说，如果给读者推荐书目，他永远推荐的是四书五经。他读的书很杂,正史野史,笔记小说,民俗方志,皆在他的视野。浸润既久,使他产生希贤希圣之心,坚信礼义廉耻是好的,而反观现实,前贤的盛德在湮泯,古人留下的美德在消亡,面对日下的世风,他惋惜焦虑,绝望伤感,痛心疾首。于是以"哪怕东风唤不回"的决绝,将忧世之心,化为崇古之文、笑骂之笔,希望对今日之人出一分匡正之力,以期古道不绝,礼乐存续。这就是他写这两本书的初衷和用意,也是他的追求。纵观他书中的文章,皆在修己立人,进德彰贤,传播古人的德行品格。像旅日学者楚狂儿说的:"民胞物与之情怀,存亡续绝之心声,春风化雨之教化。"且语言敦厚诙谐,视界睿智机敏,勾连古今,趣味盎然,虽出经入史、引经据典,但没有学究气、冬烘气和陈腐气。他实在是要想以前人的嘉言懿行,做一个标尺,让读者正心诚意,都向前贤学习、看齐。这些,在读他的文章中会有很强烈的感受。

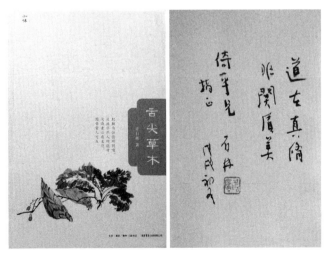

左图:《舌尖草木》书影
右图:《舌尖草木》衬页作者题字

道在真修,非关质美

《桃花扇底看前朝》一面市即大受欢迎，不到一年就加印了六次，在当今书市中算是一个奇迹。当然，这些书，他都签名送了我，也同时还送给了家父。因为我有次回到西安，看到父亲订的一份文摘报上，有些文章上圈圈点点画满杠杠，一看原来好几篇都是许石林的文章，我就拍照给他看。他很感动，就寄了书过来。父亲已经九十多岁了，但这些书父亲很快通读，当然书中也仍然圈圈点点画满了杠杠，他让我捎话给作者，说他知识面广，写得很好，要他多写。在他的新著《舌尖草木》上，他题道："道在真修，非关质美，倚平兄指正，石林，戊戌初冬。"我就拿来作了标题。

二〇一九年一月十四日

书香手泽暖

翻书小情色，开卷大乾坤

——胡洪侠先生的赠书

胡洪侠先生是我们深圳文化界的著名人物，当然，他也是全国文化界知名的人物。他是河北衡水人，中国人民大学新闻系的硕士研究生。南下深圳后，一九九五年，他在供职的《深圳商报》创办《文化广场》周刊，任主编十多年。那真是文化味十分浓厚的一份副刊，按他的话说："彼时大众传播还没有网络什么事，报纸兴旺，副刊风光，编辑常常呼风唤雨，作者往往一纸风行……'广场'上人多嘴杂，各显神通，你可兴风作浪，他亦拨云弄雨，吵吵嚷嚷，果然热闹。谈文化，谈城市，谈城市文化，谈文化城市，许许多多现在人们还喋喋不休的话题那时我们都谈过了。"《文化广场》当时打出的旗号是"共同的园地，不同的声音"，网罗了一批国内外知名顶尖的作者，域内域外，天上地下，古代今时，事件人物，长论短评，图文并茂，直把《文化广场》办成了一个在全国有影响的文化品牌，为深圳平庸的文化和新闻界挣得了一些荣光。后来，他把这些"凌晨零墨"——即每次都是凌晨版编好后才动笔写的"编读札记"集结成书。这些札记也是很出彩的文字，尚在《文化广场》周刊创办的第二年，就有无锡的王咏枫先生认为这是"编辑的美文"而给《出版广角》杂志推荐并建议将来结集成书。于是二〇一七年，在他离开《文化广场》七年后，他把这些文字编成《好在共一城风雨》，由李辉主编的"副刊文丛"出版。当然，他也送了我一本。

与胡洪侠认识也正是他在做《文化广场》主编的时候，大概是一九九七年六月至七月间，那时他陆续刊登了一些平面设计方面的海报，其中有一期是设计大师张达利的作品，张达利兄嘱我配点文字，我便写了一些。作品发表后，我们有过一次聚餐，这是我第一次见胡洪侠，觉得他长得英俊有型，又风流倜傥，应该去当演员。记得那时保龄球正风行深圳，饭后我们还去玩了一会儿。之后，我也在《文化广场》发过几篇文章。后来不知为什么，他离开了《文化广场》，却去编经济版，我想这大概就是让鲁班去炒菜，当然，鲁班未必炒不好菜，但毕竟不是自己的爱好与擅长。那时，我所在的企业（上市公司）因为国有股一股独大，严重影响企业发展，我身在其中，冷暖切肤，二〇〇一年初，《深圳商报》在盘点二〇〇〇年中国股市时，把"伊煤 B 一个人的股东大会"评为该年度中国股市十大搞笑之首，这是因为这家上市公司破天荒地开了个只有一名股东参加的股东大会，这个股东就是公司的国有股股东伊煤集团，而五粮液集团也干了类似的事情。我便写了一篇《千军万马又当如何——伊煤和五粮液的启示》，痛陈产权改革的必要性和重要性，就是找胡洪侠发在《深圳商报》上的。

相识二十多年，与胡洪侠不时会碰面，后来听说他高升《晶报》总编辑，很为他高兴。果然，《晶报》在他主持下，又搞出了新动作。其最有影响的，大概就是他与杨照、马家辉在《晶报》开设的专栏"对照记"，三个共同出生于一九六三年，却成长于不同华人社会的人，写同样一个题目，那一定就有不同的经历、想法与格局，个中的差异，很有趣味，也很有意味，正所谓"三人三地三本书，对比对照对流年"。这确实又是文化和新闻界一件创新之举。几年下来，他们的文章结集成厚厚三本《对照记》《我们仨》和《三生三世》，由生活·读书·新知三联书店出版，而同时，香港三联和台湾远流出版社也同步用繁体字出版，又成为出版界的一桩盛事。依旧，胡洪侠也签送了我一套。

这些年更多见他的时候，是在各种文化活动上，他或充主持，或当嘉宾，讲起话来，滔滔不绝，机锋挑激，妙语迭出，只要他在，这个场面就不会冷，就充盈着笑声和欢乐的气氛，当然，他爽朗的大笑是最能感染人的，我们叫他"大侠"，没错，他真有侠义豪爽之气。一次，我和松璋兄都在他主持的活动现场，我对松璋感叹道："大侠不当电视谈话节目的主持人，真是可惜了！"松璋深表认同。

我有他签名的书当然不止上面说的这几本，还有他早年的

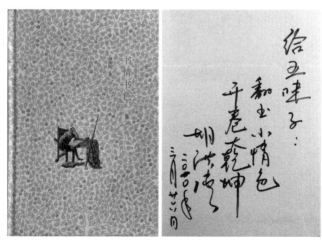

左图：《书情书色二集》书影
右图：《书情书色二集》衬页作者题字

《老插图新看法》，他和张清兄编的限量版的《私人阅读史》，他的书话集《书情书色》和《书情书色二集》。胡洪侠是一个坐拥书城的人，听说他的藏书量巨大，与姜威不相上下，但这在他家里，我至今未能目睹。姜威家我倒去过几次，那藏书只让我感到惊讶和羡慕。但大侠的办公室我是多次去过，那也是一个小书房，藏书都非常有品味。就《一九八四》这本书，据说他收全了所有版本。他爱书，爱藏书，也爱读书，手不释卷，我去他办公室，经常可以看到桌面上有一本书翻开扣在那里，那就是随时拿起来看的啊！所以他的书话也是写的有声有色，有趣有味，而且每篇都很短，这大概是因为职业的缘故，他有很多公务，故"无暇于长篇大论"，但他又说如此写也有他的一点追求，就是写成笔记体。他说："古来笔记一体，佳作如林：或志怪，或琐闻，或忆往，或考证，长长短短，散散杂杂，虚虚实实，潇潇洒洒，而贯通其中的，是求实求博求鲜的真趣味和散淡自由的真精神。"这正是他笔下追求的，而他确实也做到了。

在送给我的书上，他或题："倚平兄看着玩儿"，或题："倚平兄存念"，或题："倚平兄闲览"，或题"倚平兄惠览"，在《书情书色二集》的环衬上，他题下：

给五味子
　　翻书小情色，开卷大乾坤

　　　　　　　　　　　　　　　胡洪侠
　　　　　　　　　　　　二〇一〇年三月廿六日

我同样把拿它来做了文章的标题。

　　　　　　　　　　　　　　二〇一八年十一月二日

吴亚丁先生精彩状写的《出租之城》

吴亚丁先生又出新书了。当我到他办公室的时候,他拿出他的新著签名送我。这一次他送我的是他的长篇小说《谁在黑夜敲打你的窗》(其实这是他长篇处女作,二〇〇五年作家出版社曾出过初版,这次是再版)和五幕话剧《剩女记》。这样,他送我的书已经有五本之多了。除了上述两本之外,还有初版的《出租之城》(花城出版社),这是十年前他的赠书,与新版的《出租之城》(江苏凤凰文艺出版社二〇一九年版),以及四川文艺出版社二〇一四年出版的短篇小说集《一个来历不明的人》。

说起来,吴亚丁先生是我的上级——这样说,是因为他不但是深圳市作协副主席,而且是罗湖区作协主席,而我,忝列罗湖区作协众多副主席之一,当然他是专职而我是兼职。但总有工作上的交集,比如商量一年的工作计划,开会作一年的工作总结,以及作协组织的一些讨论会、参加省市作协的活动、外出采风等等。他是一个认真的人,也是一个民主的领导,事先会征求意见,工作安排总是很细致紧密。偶尔大家也会聚一聚,他这个时候就很随和幽默,然而酒量很大,酒德亦甚好。

吴亚丁主要写小说,他的小说非常别致,主要写都市故事即都市人的经历与情感历程,而这个都市和都市人又不是一般意义上的都市和都市人,而是深圳这样一个青春的新兴的

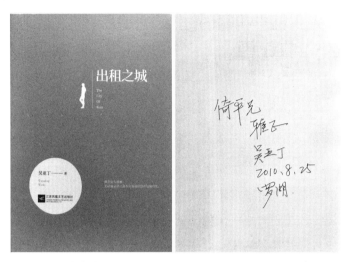

左图：《出租之城》书影
右图：《出租之城》衬页作者题字

移民城市以及在这个现代化城市里打拼、生活的都市人。像
《出租之城》中的叶蝉、陈旎、唐爱国，像《谁在黑夜敲打你的
窗》里的岩桐和石榴、鹿儿，像《剩女记》里的梅烟烟、苏彩霞、
徐菁、周全等。这些人和围绕他们的故事，无不使我们觉得似
曾相识，觉得他们就是我们身边的人或者我们听闻过的人，他
们经历的事情，无论是打工、经商、度假、聚会，成功失败、感情
纠葛等等，也是我们身边发生过的事情或者必定会发生的事
情，而小说中言之凿凿的深圳地名：荔枝公园、宝安国际机场、
地王大厦、东门商业街、春风路、深南大道、世界之窗、沙头角
等等，更让人在读小说时恍如身临其境。所以有评论说吴亚
丁的小说具有非常强烈的现实感，并具有明显的深圳品
质——即年轻的大都市精神和鲜明的现代性，我是非常认同
的。我觉得，他在小说中还原了我们这些深圳移民这些年的

生活,展现了具有明显时代印记和地域印记的深圳人的心路历程,刻画了深圳人的生存困境和精神渴望,表现了他们无奈、迷茫、抗争以及对于未来的憧憬和向往。

这也难怪,吴亚丁一九九四年年底来到深圳,和我基本上一前一后。虽然我们的出发地不同(他江西,我陕西),工作和经历不同,但都是在同一个城市的屋檐下见证了这个城市的发展,感受着周围的人事变迁,而且都已经把深圳作为自己的第二故乡,与这个城市有了千丝万缕的联系和血肉相连的感情。基于这样一种感情,这个城市的发展与困厄,人们的收获与失去,喜悦和困惑,都成为吴亚丁观察、思考和表达的对象,所以他的小说取材于深圳,充满了深圳气息,就毫不奇怪了。正如他自己所说:"我在写关于年轻生命的热情与忧伤的书,写关于南方新生活的挫败与创伤的书,写无所顾忌放纵青春、追逐星辰的书,写一群怀抱梦想弃旧扬新的年轻人的故事。"他就是一个以写深圳为己任的作家。

但吴亚丁的小说又不是表面地肤浅地讲述深圳发生的故事,他的作品背后,有着灵魂的叩问、命运的追问和精神的追求,并指向生命的意义这样的哲学命题。小说在从容的叙事中,呈现了高速发展的物质社会和人的精神生活的矛盾,新旧理念和价值观的碰撞,凸显了都市中产阶级、企业白领这群人面对现实的内心苦恼、挣扎和精神困惑,而对生活本质的探究,体现出文学的价值和意义。在小说艺术上,吴亚丁有其独特的结构和叙事手法,显示出他驾驭都市题材小说的能力与才华,他试图以不同的写作方式来达到自我的突破,所以不落俗套,连书名都别出心裁。青年评论家王威廉说:"吴亚丁的小说的丰富性通过复杂性、戏剧性表现出来,例如他特别喜欢写情爱的题材,初看上去是欲望，但最后这个欲望是没有实现的，经常处在情感的困顿当中，而在情感的困顿中又有欲望，小说的动力十足，驱动着我们往前看，这就把小说的空间也打开了。"谢有顺教授评价说："吴亚丁在故事的讲述中体现出了美学和趣味的有效结合。他的写作既严肃又富有深度，在保持较强可读性的同时，也洋溢着一种孤寂的品质。"

吴亚丁正当壮年，正是创作的成熟期，他写作极快。在一篇小说的后记中，他曾说："每天回家，我都会安静地坐在电脑跟前，像小和尚撞响寺院的梵钟一样敲响键盘，故事像群山溪涧一样从手底胡乱流淌，最终流成河流的模样。"这是真的。记得去年前半年，我去他那里，说起写作，他说他今年已经写了五十万字的一篇小说，这让我十分惊讶，那还是他在工作之余完成的。像他那部二十五万字的《谁在黑夜敲打你的窗》，也就仅用了四个月的时间。所以我相信，他心心念念的都市男女的生活史和情感史，还会在他笔下化为引人入胜的小说，我这样期待。

二〇二〇年七月至十二月

谢湘南的深圳时间

　　谢湘南在我眼里,一直是一个年轻人,从十多年前认识直到今天,我一直都是这个印象。

　　实际上谢湘南和我差不多同时来到深圳。但年龄、经历却大有不同。他来时是个毛头小伙子,背包一背可以无后顾之忧。而我那时已经拖家带口,包袱比他沉重。他是早早辍学出来闯荡,而我则是在体制内通过调动进来。虽然也有数次求职不成折回再来的经历,但我却少了他露宿街头的磨难,当然同时也比他少了一些人生的体验。后来才知道我们同在一个城市,其实有一段时间我与他住得很近,他在红宝路,而我在宝安南路的松园南,不过一站路的距离。但那时我们彼此并不相识。虽不相识,但那时谢湘南的大名我早有耳闻且读过他不少诗作,印象深刻。

　　和谢湘南认识已经是二十一世纪到来后的几年了,有一次家乡诗人秦巴子来深圳,我们在一起聚餐,那是与谢湘南初识。吃完饭我开车一路送他们回住处,记得那时谢湘南已经住在了莲塘。

　　谢湘南一九九三年来到深圳,之后十年间,他往返于湘粤两地,辗转于珠江三角洲,过着漂泊不定的生活,先后做过工地小工、玩具厂装配工、五金电镀厂搬运工、纸厂装配工、电子厂机床工、图书馆保安、人事助理、女性用品推销员等十余种工作。直到二〇〇三年十月，进入媒体当记者后才逐步安定下来。这十年间谢湘南可谓尝遍了人生的酸甜苦辣。好在他年轻，这一番历练，对他来说，既是处境艰难的生活，也是人生的宝贵财富。他这段时间在深圳的经历，本身就具有很大的标本意义。因为很多闯深圳的人，都有过与他类似的历程，只是结果不同而已：有的人一直打工，有的人升为白领，有的人自己创业成为老板，有的人又回到家乡……但谢湘南最终成为媒体人和著名诗人。闯深圳的打工者千千万万，而由打工者成为诗人的，则寥若晨星。

仔细考察谢湘南之成为诗人，有很多看似偶然后面的必然。南朝文学评论家钟嵘说："使穷贱易安，幽居靡闷，莫尚于诗"。钱钟书先生在评论这句话时说它"强调了作品在作者生时起的功能，能使他和艰辛冷落的生涯妥协相安，换句话说，一个人潦倒愁闷，全靠'诗可以怨'获得了排遣、慰藉或补偿。诗成了活人的止痛药和安神剂。"谢湘南刚一成年便出来打工，住铁皮房、架子床，有时一个星期都睡在街边花园的石凳上，有时半个月找不到工作，甚至不得不再次返回家乡……打工生活的艰辛刺激着他的心灵，他有话要倾诉出来，便有了他的诗。谢湘南是以诗歌为支撑，来对抗命运的压力，来自我救赎，而且有一颗诗心，有诗人的天赋、敏感、勤奋。且看他的一段描述：

那是一九九六年，他第三次来到深圳，经老乡介绍进入一个五金电镀厂做搬运工。是年冬天一日，他下班后来到厕所，这种工厂的厕所同时又是盥洗室。他打开水龙头洗澡，水质冰凉，"一寸寸咬着我的肌肤。有那么几秒钟，我感觉到它就要咬着我的骨头，我开始大声唱歌……外边大厅里也传来一阵阵笑声，工友们在那里观看一部港产电视剧。我洗干净身体，再洗衣服。

这样忙活一阵已是晚上十一点多。我回到我所住的一〇六室，十二个铺位中，我占有一个上铺。宿舍里没有人，我躺到床上，呆望着天花板、蜘蛛网，然后是正在滴水的衣服、湿漉漉的塑料桶，还有拖鞋、生锈了严实地蒙在窗子上的铁丝网。我拿出我的小本子，开始记录起来，我感觉到我的思想在发生一种质的变化，那是一种飞跃，就从我的肌肤接触到冰凉的水的一刻开始……""在我刚搬进这间宿舍的一段时间，室友们都以为我是一个'哑巴'。因为我不与他们一个车间，有时也不上同一个班。就是共同待在宿舍的时候，他们看到我的情形往往只有两种：要么在一个本子上乱写乱画，要么睡觉。我知道在他们心里往往是把我当作不存在的，自然我也没有与他们交谈的欲望。就是在这段时间，我写下了第一批较有力度的作品，如《呼吸》《零点的搬运工》《在西丽镇》等。"

后来，谢湘南把这些诗，投向《诗刊》，被编辑李小雨老师发现并赏识，后发表在《诗刊》一九九八年第三期青春诗会专刊的头条上。也正是这批作品，为谢湘南赢得了参加第十四届青春诗会的门票。在《诗刊》发表作品和参加第十四届青春诗会，成为谢湘南命运的转折点，他的诗作得到了社会的认可，他也逐渐为诗界瞩目，成为中国诗坛冉冉升起的一颗新星。

当然还有两个幸运的机缘，一是李小雨老师的慧眼识才，在浩如烟海的来稿中发现了谢湘南的诗。二是，诗刊社通知他参加青春诗会的信件寄过来时，谢湘南已经离开原来的工厂，信被丢在工厂大门口一个收信的台子上，如果无人收件可能就随便处理了。好在他姐夫的弟弟还在这个厂子上班，才使他及时地收到了这封至关重要的信。

天才、勤奋、向上的追求和幸运，成就了谢湘南。

谢湘南这一时期的诗，就是他打工生活的反映。他曾说："我的这批作品是对他们(按：指打工一族)、我自身，以及诗歌与生活的距离的一个很好的观照，我时常会想起我待在那个铺位上的情形，那些被焦虑、忧郁、疲惫乃至空洞包围着的时刻。……我唯一能做的就是让这些走进我的诗里。另外，我要寻找一种将它们隐藏起来的办法。我可以肯定那一段我诗中冷冰冰的语言是五金厂环境的产物，那些机械、黏滑的机油，那只倾斜的水龙头……"试看他的两首代表作，《零点的搬运工》："有人睡眠/有人拿灵魂撞生命的钟/有人游走/有人遥望月球而哭泣//时间滑过塔吊飞作重击地心的桩声/一切都是新的连同波黑的静默/不需叉车歌声高过高楼/搬运工寻找动词，鲜活的//鲤鱼，钢筋水泥铸造的灯笼/照亮孤独和自己，工卡上的/黑色，搬运工擦亮的一块玻璃迎接/黎明和太阳"；《呼吸》："风扇静止/毛巾静止/口杯和牙刷静止/邻床正演绎着张学友/旅行袋静止/横七竖八的衣和裤静止/绿色的拖鞋和红色的橡胶桶静止/我想写诗却点燃一支烟/墙壁上有微笑和透明的女人/有嚼过的口香糖/还有被屠宰的蚊子的血//这是五金厂一〇六室男工宿舍/这是距春节还有十八天的/不冷不热的冬季/这是一个星期天的晚上的/九点半//第一个铺位的人去买面条了/第二个铺位的人给人修表去了/第三个铺位的人去'拍拖'了/第四个铺位的人在大门口'守着'电视/第五个铺位的人正被香烟点燃眼泪/第六个铺位的人仍然醉着张学友/第七个铺位的人和老乡聊着陕西/第八个铺位　没人/居住　还有三位先生/不　知　去　向"

　　谢湘南这些诗歌，直面现实和人生，冰冷、粗糙，呈现出生活的原生态，有触及人心的痛感，却没有丝毫的虚饰、矫揉和无病呻吟。他的诗也借此展示出了一种深度，这一滴水所折射的，是

左图：《深圳诗章》书影

右图：《深圳诗章》衬页作者题字

时代的变迁，是社会的变革，是复杂的人性。我一直关注、也一直在读谢湘南的诗，后来这些年，谢湘南继续在现实主义这条路上开拓前进，并不断伸出探索的触角，笔下的题材更趋丰富，笔触深入到了深圳城市生活的方方面面，其创作也因之展现出了更繁复的风貌和更深入广阔的深度和广度。

谢湘南虽然生活在深圳，写作也以深圳为基点，但已然是全国著名诗人。他一直保持着勤奋的姿态，创作成果颇丰，先后出版了多部诗集，像《零点的搬运工》《过敏史》《谢湘南诗选》《深圳诗章》等。他的诗集也常常签名送我，为我所阅读并珍藏。前几年，他回顾自己的成长历程，写出了一本《深圳时间》，这也是富有诗意的书名，我就把它拿来权作这篇文章的标题。

二〇二一年三月

谁解其中味，一把辛酸泪

——袁林先生的赠书

　　我与袁林先生来往最多的时间是在二十世纪八十年代末到九十年代初那几年，袁老师那时是《西安晚报》文艺部的编辑而我是作者。本来我是一直醉心于写杂文，但那段时间杂文写不成了，而我又不善于写那种传统唯美的散文，苦闷之余，偶然看到了梁实秋的散文，发现散文还可以这样写，日常身边的小事，被他渲染得有声有色，趣味无穷，于是开始学着写。因为袁老师并不编杂文，所以以前没有接触。认识袁老师是非常偶然的，大概是一次去报社送稿子，也不知给谁，误打误撞地敲开了袁老师办公室的门。袁老师很和蔼地让我把稿子留下，不久就发表了。就这样，袁老师成为培养我成长的老师。

　　那时袁老师的笔名叫丰光，我时常能从报上读到他精练的散文或犀利的杂文，那段时间还有一个叫临青的人，散文也写得非常好，见报率很高。记得那时袁老师家在小雁塔附近，一个小巷子进去，有一小门，进门一个好大的院落，类似农田，可以务花种菜，从院子边阡陌一样的蜿蜒小道可到他家的屋子，真是都市里的田园生活，让人羡慕。

　　之后我离开古城，先到海口，工作时间很短，很巧与袁老师还在海口碰见一面。后来我到深圳，袁老师一次带儿子来玩，我们又有一次聚首。知道我刚到深圳，人生地不熟，袁老师还热心介绍我认识他在《深圳商报》的朋友刘澍德先生。这么多年来，与袁林老师一直保持书信和文字来往，我偶尔写点文章，经袁老师之手，还会登在《西安晚报》上。袁老师一次偶然说了一句话："想赵倚平到深圳就不写文章了，但现在文章写得更好了。"说者也许无心，听者却有意，这话对我起了很大的鼓励作用。等我若干年后再去拜访袁老师，已是在他太白小区的新居，问他的故居，说是已经拆迁了！从一个广阔的地方迁到这种千篇一律的居民楼里，不光袁老师和他的家人，连我都替他遗憾。

在我离开故乡的当口，马治权先生挽留我在《各界》杂志当主编，但我去意已决。因为杂志缺少编辑，我便介绍袁老师与马治权见面，兼职给《各界》编稿子。这时又有一个出书的机会，商子雍先生牵头，袁老师忙着张罗。但我没等到结果就走了，后来

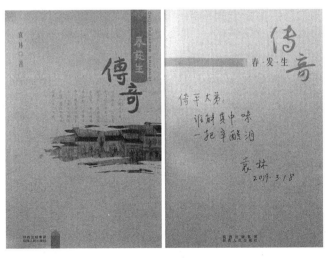

左图：《春发生传奇》书影
右图：《春发生传奇》扉页作者题字

谁解其中味，一把辛酸泪

这本书还是勉强出来，但已不是原来设想的样子。这就是我的第一本书《漂泊心绪》，中国华侨出版社出版，而袁老师的《随风而逝》署笔名"丰光"，由陕西旅游出版社出版，他当时就寄赠了我一本。后来袁老师从晚报退休后，又去编《金秋》杂志，还约我写稿。这样几十年下来，我与袁老师相交淡如清水，却不绝如缕。

到了二〇一二年春节，我们再次见面时，袁老师却赠我一本厚厚的长篇小说《春发生传奇》，让我大为惊讶。这时方知袁老师当年就是写小说出身，在二十世纪八十年代，他就开始文学创作，先后在《延河》《人民文学》《北京文学》和《小说月报》等刊物发表过小说，当时能有这样的成绩，没有一定的水平是不行的。陈忠实老师就说过，当年他就觉得袁林是一个很有前途的作者。可惜一九八四年他进入报社后，小说创作却撂下了，他给我说："到了报社，文字粗糙了，小说写不成了。"这种说法让我一惊，问怎么会文字粗糙了？他说报纸要每天出报，采访完要赶紧完成报道任务，哪有时间仔细推敲？我很有些为他遗憾，因为一直以来，在文坛上，写小说最容易引人注目，最容易成名的，他有这个才能，却放弃了！陈忠实老师在为《春发生传奇》这本书所作的序言中说，他一九八〇年春天就在《延河》编辑部举办的座谈会上认识了袁林，三十多年过去，袁林虽然歇笔小说创作多年，但功力不减，而且随着阅历的增长、知识的积累以及多年创作散文随笔对文字的锤炼，在这部长篇小说上厚积薄发，令人耳目一新。"春发生"是西安与羊肉泡馍齐名的葫芦头泡馍的第一店，真正的老字号，传承了上百年。袁林撷取了从二十世纪二十年代到五十年代这段时间围绕"春发生"发生的故事，将西安这座城市兴衰变迁、治乱更迭，波澜起伏地展现在读者面前。还是看看陈忠实先生的评价:"《春发生传奇》采用章回形式,有古典小说的韵致而又不拘泥于传统,叙事张弛有度,显示出作者深厚的古典文学功底。书中对于人物命运的走向,情节的安排,往往草蛇灰线,伏延千里,可以看出在小说结构上下了很大的功夫。小说的语言文字同样让人惊喜,既能娴熟运用古典白话文,又不乏当代语言的幽默和简练。我在阅读过程中还注意到,本书的叙述语言,用的是普通话,而人物对话却采用了西安方言,从这一点,也可以看到作者独具匠心的安排。"能得到陈老师如此高的评价,那还有什么说的!

这部书出版几年之后,袁老师又推出一部力作,同样是长篇小说的《常宁宫传奇》。常宁宫,是坐落在长安神禾塬上的一个唐代皇家御苑,后在历史长河中被焚毁湮灭,直到一千多年后的二十世纪四十年代,在抗日战争的烽火中,为了给蒋介石提供一个安全的居住工作环境,胡宗南在常宁宫的旧址上,为蒋介石建造了一个战时行宫。要把这样长一个历史跨度的常宁宫传奇写好,无疑是有很大难度的。而袁老师采用了挖掘历史深处小人物的命运沉浮,又把这些小人物的命运和大人物交织起来的方法,创作出了有血有肉的人物形象和跌宕起伏的故事情节,以小说的形式再现了历史,堪称妙笔生花!

后来,有人想要这两本书,我把袁老师送我的给了他,我又买了新的再请袁老师签名。他在《常宁宫传奇》上写了一段意味深长的话;在《春发生传奇》上,他题道:"倚平大弟:谁解其中味,一把辛酸泪。袁林,二〇一九年三月十八日。"

二〇一九年三月二十三日

情以美抒，思当妙达

——庞进先生的签名书

　　庞进先生与我年龄相仿，并且是我的同乡——但这是我近几年才知道的，因为他生长在临潼，以前以为他是临潼人。一九八八年，当我还年轻的时候，他的一本散文集《兵马俑狂想》羡煞了我。因为那时我也在写作，但他已有集子出版。记得那书小三十二开，红色的封面，书名是黑色的用爨宝子碑体题的字，作者姓名和陕西旅游出版社是白色小字，红白黑三色，非常醒目。不过这本书用了他的笔名：庞烬。我当时产生了一个小小的愿望：什么时候我也出一本这样的书！后来我看庞进的介绍，也就是在这时候，他就已经开始了关于龙凤文化的研究，并且成了他一生主要的事业。

　　那时庞进在《西安晚报》当编辑，后来因为投稿和报社来往比较多，才知他真名叫庞进，也有了一些交往，庞进也编发了我不少文章。待到我办《面点视界》，他为我惠赐稿件，更加熟悉。这时方知他祖籍在蓝田三官庙庞湾，父亲早年学医，一九四九年因家境不好，举家迁到他父亲老师的家乡泾阳，后父亲到临潼创办诊所，并任栎阳医院院长，庞进就出生在那里。后来，庞进把他的家世写成一本书，名曰《平民世代》，二〇〇八年由太白文艺出版社出版，二〇一二年八月二十九日签名送我一本。我很有兴味地读了这部家族史,不但大略了解了一大家子几辈人的生存状况、命运起落,而且,常常让我掩卷深思这些人物和家族命运背后的东西。有人曾评其"开启了理解民族文化传统新视域",从这个意义上说,确也如此。

庞进毕业于陕西师范大学政教系,学的是哲学,后又求学于西北大学中文系,获文学硕士学位,而他所从事的又是新闻工作。所以你看庞进,像是一个杂家。其实他乃是一个学者型的作家,既从事专门的研究,又搞文学创作,文学方面又涉及散文、随笔、小说、报告文学、诗歌等领域,散文曾获首届冰心散文奖等诸多奖项,入选多种选本。在研究方面,二十世纪九十年代初,他就出版了专著《创造论》,提出了一个"超拔众说、新颖鲜活、颇具立体感的创造论哲学体系"。其核心观点为:世界的本原是创造,生命的本质是创造;创造律是自然界、人类社会和人的思维的最一般、最基本的规律;创造态是最基本、最普遍的存在方式。这是具有创建性的。后来他把哲学和人文融会贯通,又独树一帜地创建了龙道文化——提出了龙凤起源的"模糊集合——多元容合说",对龙凤的神性与民族文化心理、龙凤的精神内涵、龙凤文化研究的当代意义等发表了系统性、全面性、独创性的阐述。在这方面,近三十年来,他焚膏继晷,孜孜矻矻,下的功夫最大,用力最勤,因而成为这方面的权威。目前他有关龙凤文化的研究专著已有近十种,好几百万字,甚至他的斋名,叫龙凤堂,诗词选本,书名也是《龙情凤韵》。他曾给我说,西方人普遍信奉上帝,而中国人没有这样一种相对统一的根本性信仰,他提出的龙道文化,就是要给龙凤这种古老的图腾注入现代文明,建立一个以龙为象征标志的,来自中华民族,在冶炼萃取中华文化和世界文明优秀精华基础上容合创新的思想学说、理论体系。也就是说，给龙道赋予立足中华文化，容合世界文明，关注当下民生，瞩望人类未来的内涵。他从树立一个信仰体系所必须具备的可验、超验两个层面，进行学术构建，希望从理论上建树起中华民族相对统一的根本性信仰，真可谓是苦心孤诣。说起来，也是很有意思，庞进好像天生是跟龙有关系的一个人，你看那庞字，就是广下有龙，而广，是高大无墙的屋宇，广下有龙，就是高大的屋宇下面隐盘着一条从天而降的龙。并且，庞字还有另外一个发音就是"龙"，仍然是龙潜于大屋之下的意思。所以庞进说："庞和龙差不多是一回事儿，庞族天然是龙族。"所以庞进研究龙那也是当仁不让义不容辞的了。功不唐捐，他的研究成果，也引起了海内外的广泛关注。

庞进先生在进行学术研究的同时，还关注社会，关注人生，他的一些短文，经常被《杂文报》《杂文选刊》以及一些文摘杂志转载，他妙笔写成的《临潼出了个杨仕会》，既反映了一个认死理的老农民对自己利益的顽强捍卫及不屈精神，又折射出中国社会几十年的生态，让我看后心情久久不能平息。庞进先生还善书法，在我的新书签售会上，庞进先生不但前来出席，还带给我一幅他的墨宝："五味妙陈。"隶书，秀美端庄，内容既是谬赞，又是期许，书法颇得我心，内容让我感动。他说也想要我一幅字，我当然不敢不奉命，遂抄了一首庞进先生自己的诗《人生贵惜福》给他，诗云："日子如水流，流过不回头。红火时光稀，平淡岁月稠。花心蜂蝶逐，绿树自春秋。窗外雾霾重，奈何做屋囚。好在龙凤伴，夙夜忙案头。尽心成一事，到老不悔疚。间或笔蘸墨，挥洒风云走。三餐朴且简，少腻多菜蔬。清酒苦丁茶，悠然抿两口。住房宽且敞，冷暖无烦忧。相比青涩时，生活已知足。感恩父母亲，养我历辛苦。感谢此躯体，令我少病愁。感激一家

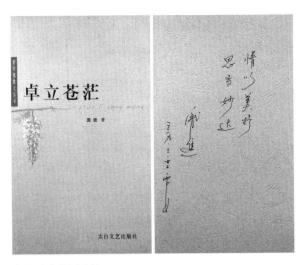

左图:《卓立苍茫》书影
右图:《卓立苍茫》衬页作者题字

人,暖暖心身舒。国家求长安,人生贵惜福。"觉得这首诗,朴实无华,却道尽人生的况味。

二〇一九年三月二十六日,己亥春节期间,我们再见面时,我拿出他的散文集《卓立苍茫》,让他补题一句词,他写道:"情以美抒,思当妙达。"就是这篇文章标题的由来。

二〇一九年三月三十日

刘中国的名山事业
—— 刘中国相赠的历史专著

　　和刘中国先生何时在何处相识早已淡忘。淡忘的原因是时间久远,而正因为时间久远,说明我们是老相识。但依稀记得的是,我当年在编一本企业内刊时,收到了署名"刘中国"的投稿。所谓"久闻大名",一般都是客气话;但"中国"这个以国为名的名字,实实在在是个"大名",因此一见便记住了。那时他寄来的是一些较短的散文随笔,我用了不少。记得有一篇《蓓蓓的高尔基》,是写他淘到一本一九五三年人民文学出版社出版的高尔基选集《回忆录选》,扉页有一个人于一九六一年"给蓓蓓"的题签,由此引发了他许多遐想,文字写得很生动,很见才情,直到现在还给我留下印象。

　　后来忽见一本《大鹏所城:深港六百年》的书,作者是两个人,一个刘中国,一个汪开国。汪开国是我原在陕西省委党校的同事,当时任龙岗区委宣传部部长,没想他居然跟刘中国合作写了这本书。这才知道刘中国当年也曾在龙岗区委宣传部工作,后来才调入深圳市文化局,后任特区文化研究中心任副主任。进一步了解,得知刘中国毕业于中山大学中文系,后在中南财经政法大学任教。于一九九四年调入深圳。一个学中文的,却潜下心钩沉发隐,爬梳剔抉,写了这么一部论述深港地区历史的专著,让我很是吃惊。

因刘中国调来市里,距离就近了很多,我们终于在一个场合见面相识。初见的印象觉得他是那种非常沉稳的人,语音低沉,话也不多。他后来又送我两本散文集《米修司,你在哪里》《最美好的岁月,最早消逝》。我去办公室拜访他,一进门,就被唬住了:一间办公室,四堵墙除有窗户一面外,全被书柜占满;这还不算,一张办公桌,也被书报稿子占得只剩电脑前一点空间;这还不算,整个地面也堆着半人高的报纸杂志和书。从这堆书报和书柜中间的通道,勉强可以容一个人走到他办公桌的对面,坐下来跟他说话。于是一间屋子,仅能容二人之身。但让我更吃惊的是,二〇〇〇年,他与人合作整理出版了四卷本的《明清两朝深圳档案文献演绎》,紧接着于二〇〇一年出版了《打响世纪第一枪——三洲田庚子首义纪略》,仍是历史专著,且是国内首部研究三洲田庚子首义的学术专著。到二〇〇三年,他又与黄晓东合作,出版了四十三万字的《容闳传》,以翔实的资料、细腻的文笔,把容闳这个中国留学生之父(中国近代史上首位留学美国的学生)、著名教育家、外交家、社会活动家、中国近代化的卓越先驱的一生,展现给了读者。尔后,他又组织出版了白石龙大营救书系。到二〇一七年,他又和余俊杰一起,出版了《刘铸伯传》,又整理出了《刘铸伯文集》。《刘铸伯传》洋洋大观,仍然是厚厚的像砖头一样的一本大著。刘铸伯是深圳平湖人,为二十世纪初叶香港华人的领袖,也是深港文化交流史上的重要人物。但后来渐渐湮没无闻,如著名文艺评论家黄树森先生所言:"刘铸伯也是一位中国近代史上的'失踪者',迄今出版的任何一部中国近代思想史、文化史专著,我们找不到他的名字。但是,刘中国、余俊杰在撰写《刘铸伯传》之余,整理的这部《刘铸伯文集》

左图:《刘铸伯传》书影
右图:《刘铸伯传》衬页作者题字

得以出版,使得刘铸伯在中国近代思想文化史上的地位从此无法撼动。"刘中国他们的这一次的"打捞",是深圳文化史、思想史、学术史研究领域的一项重大发现,具有极其珍贵的文献学价值。二〇二〇年,刘中国又与柳江南一起翻译出版了中国近代史上一位杰出女性郑毓秀的自述和自传。郑毓秀是深圳宝安人,早年出国留学,曾加入孙中山先生领导的同盟会,成为反清的革命志士。她是中国近代以来第一位女博士、第一位女律师、第一位省级女政务官、第一位地方法院女性院长与审检两厅厅长、《中华民国民法》五人编撰小组唯一的女委员,抗战期间担任国民政府教育部司长、次长等,是深圳人值得引以为豪的一位女杰。纵览刘中国的著述,"史料丰富翔实,思维敏锐清晰,论述严谨有致,行文活泼跌宕"(李树政语),弥补了深圳人文历史的许多不足。至此我明白了,刘中国并不常写那些像以前给我投稿时写的散文随笔，他的志向在于深港的历史文化研究，他要做学术，这才是名山事业！但我忽然又发现，他抒发心灵的散文也没有搁笔。这不，在他退休之后，一本刘中国散文随笔译文集《牧歌》又即将付梓。他的书大都签名送我，这本《牧歌》当然也不会落下。

刘中国是一个爱书之人，藏书甚巨。我曾在他府上见到过许多我以前见所未见的好书。有几次与他一起外出参会，刘中国都拉着一个庞大无比的箱子，你道他要干什么？他都是利用会议间隙去逛当地的旧书店，去淘书。我们俩的共同爱好有三，一是喝酒，二是谈鲁迅，三就是买书。酒，偶尔在一起会喝上一些；谈鲁迅，他曾促成我出版了《鲁迅论中国社会改造》，否则，这本书稿可能至今还会被我压在抽屉里；爱买书，两人有时会交流最近新买到了什么书，出差开会，有时还会一起逛书店，有时则互相提供买书的信息。

"立脚怕随俗流转，高怀犹有故人知。"与中国兄这些年因书和文字结下的友谊，愈老愈醇。

二〇二一年二月

《学碑记》和《书法写我》

——史星文先生的赠书

因为爱好书法,回到西安会看一些书画展,于是早就知道陕西的书法界有一个"华山三友",三人为逯高亮、史星文和吴振锋,因为他们都是渭南人,当年又在华县"馨香亭"笔会上相交,从此三人往来频繁,故被称作"华山三友"。对他们的书法我也是很欣赏,但一直未见过真人。后来有一年春节在马河声先生的一次超大宴席上,见到逯高亮,还得到他一本书法集。大概二〇一六年岁末,在深圳与杨争光参加完一个什么活动,争光说你要没事就去看一个西安来的朋友。于是我们就到了宝安的一个酒店,我当时的《五味字》新书刚出,争光还叮嘱说你那本书要有就带上送一本给他。去了才知道他的这个朋友是"华山三友"之一的书法家史星文。

就此和星文认识,他是标准的陕西关中人,极具陕西人一切特点——淳厚,朴实,真诚,低调。那时他已经在陕西省书协工作了十多年,任书协驻会副主席兼秘书长,是全国有名的书法家,五次获全国书法大赛一等奖。后来我回西安作新书签售,史星文前来捧场,在现场发言、唱秦腔。这样,我们就成为朋友。他的工作室在西安南郊,与我家很近,我去工作室造访,看到的是书橱,书案,刚写的挂在墙上的字,其中有一长纸条,上面写了几十条短语,一看,都是他写书法的心得,已经总结成类似于傅山"宁拙毋巧,宁丑毋媚,宁支离毋轻滑,宁真率毋安排"这样的警句。这些都不奇怪,最让我惊奇的是他竟然那么热爱鲁迅,有一个屋子,全是关于鲁迅的收藏,从第一版的《鲁迅全集》到最新出版的《鲁迅全集》;从民国时期初版的鲁迅的文集,到"文革"中红卫兵组织刻印的鲁迅文录;从赵延年的鲁迅版画原作,到靳尚谊的油画鲁迅像原作;从最大本像一张报纸版面大小的鲁迅语录,到最小的比火柴盒大点的鲁迅诗稿;以及各种珍贵的鲁迅著作的毛边本等等,真是让我大开眼界。那次,我带回了以他斋名"卧雪庐"印行的他的书法和散文,其中他自撰的对联"两腿放开多走路,一心收拢好读书"为九十多岁的家父所激赏,后来他让人把它书写下来,贴在自己卧室的墙上,作为座右铭了。

那次,星文先生还送我一本他的著作,三秦出版社出版的《学碑记》。给我所题的词正好也是上面那副联语。星文特意解释说:"走路是身体的需要,读书是精神的需要。"说得很好。在书法上,星文曾有十二年的学帖时间,我见过那个阶段他写的字,灵动飘逸。但他并不满足,二〇〇二年冬,他从西安出发,再往西北走,西北壮美、粗犷的景色,促使他进一步反省自己的学书之路,认为以前的字清秀有余而雄健不足,觉得"西北汉子要写属于西北汉子的书法",于是决定暂且放下"帖学",走"碑学"一路。这本书就是十二年学碑的一个总结。书中辑录了他在这期间展出和发表的书法作品二百零三幅,同时选摘了他以前写的散文片段二百七十二则,文字和书法图片相得益彰。从书中可以看到他学碑以来书法面貌的变化轨迹,后来的行和楷已有了金石气,有了西北汉子那种生拙雄强的风格,初具自己的面目。他自己说:"十二年习帖,让我获得了对笔墨的历练,畅达了

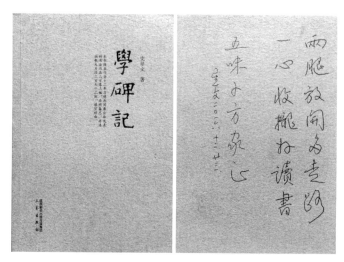

左图:《学碑记》书影
右图:《学碑记》衬页作者题字

书法的血脉;十二年学碑,又让我获得了书法的骨力,增强了精神向度和魂魄。"而从二〇一五年之后的下一个十二年,他说他的书法进入草书学习时间。在这本书中,我不但欣赏到了他优美的书法,而且,看他的文字,语言朴实无华,仪态雅致雍容,我方知道,星文不但善书,而且会写,且文如其人。

星文先生有一个笔名"谷子",对这个笔名,他解释说,谷子朴实,可以在贫瘠的地上生长,但谷粒营养丰富,而谷子的谐音,一为"古痴",一为"固执"。古痴是对传统文化的痴迷,他自己就是一个古典情节浓重的人;固执呢,则是认准目标九头牛都拉不回去的那股倔劲。这倒是陕西人的性格,当然也是星文的写照,从他的人生经历和学书道路上就可以看出来。

二〇二〇年八月回西安再去拜访星文,他更拿出一本二十五万字、图文并茂(插有九十六张书法作品彩图)的《书法写我:

卧雪庐自述散文》(陕西师范大学出版社出版)相送。一看,贾平凹先生为之写了精彩的序言。我尤其认同序言中说的:"火山往往被雪覆盖着,史星文也如是。他是书法界大才,平日形态却是混沌样子,与谁初交都显得无能。……河浅只会浪花飞溅,潭深的才水不扬波。这种人可靠,能以委托,但相坐无趣。""这本自述体的《书法写我》,篇幅不短,体例更大,开卷依然是心平气和,像老僧在说家常,读到深处,竟叩月敲日,刮天揭地,那么多的真知灼见,滚滚涌来,真感慨是一次火山的喷发。"所谓自述散文,就是作者写了从他记事起到耳顺之年的生活,星文兄以平实的笔法,写他的故乡长捻原,写自己的人生经历,写往事见闻,写心得感悟,更有他的书法见解。比如对已经进入练习阶段的草书,他说:"今草从章草脱颖而出之后,字间出现萦带缠绵,强化了书写节奏,为抒发书家思想感情提供了广阔的表现空间。""草书纵横驰骋,一泻千里,看似无拘无束,实则最讲法度,所谓失之毫厘,差之千里是也。草书遵循的是删繁就简,让字形笔意高度提炼,随抽象化,符号化,在遗貌取神中抵达书写的高标。""学习书法是以我神化他神的过程,而草书更是主体精神在发生作用,它要求书家精神更贯注,真气更弥漫,它要求能以少胜多,四两拨千斤,它要求能像戴着镣铐在跳舞,于行云流水中自然天成,书家笔下的草书最后幻化出的其实是书家自己,显示的是一个鲜活的生命形态。""草书不仅需要笔墨历练,更需要胸襟气度,所谓静若处子,动若脱兔;所谓惊蛇入草,飞鸟出林;所谓得兔忘蹄,得鱼忘筌,得意忘形;所谓物我两忘,无中生有,有顿然化无,似羚羊挂角无迹可寻。草书是春天的风,夏天的雨,秋天的月亮,冬天的皑皑白雪;草书是草长莺飞,是高天流云,是山岳大地,是江河大海;草书是百花盛开,是百鸟争鸣;草书是赤橙黄绿

《书法写我》书影

青蓝紫,是人间温暖与苍凉的喜怒忧思悲恐惊;草书是血脉的流淌,是时空的转换,是精神的飞扬,是灵魂的毕现……"从以上文字中,不仅可以看到他体悟之深,也同时可以一窥星文的文采。

　　书名《书法写我》很是新奇。我问星文这个书名的含义,他说,书法是自己人生的修为方式,从我写书法到书法写"我"是人生的化育嬗变,也是技进学道的升华。哦!我理解了,书法写我,就是书法改变了我,改变了我的人生。确实,星文兄从小跟老中医学习中医,后又进入专门的中医学校学习,嗣后又考上电大学习管理,中途向现实低头——为了房子而转行到司法部门工作,然最终因为自己强烈的爱好而成为一个书法大家和作家。这一切的心路历程都在书中娓娓道来。书法写我,正是!

二〇二一年二月

书香手泽暖

不恋来路，只问前程，惟心而已
——寇研女士的签名书

　　我曾在很长一段时间里，只看办得生动活泼的《南方都市报》。其副刊专栏上有一个叫寇研的女作者，引起了我的兴趣。兴趣的来源一是她的文字，另类、幽默、俏皮、智慧，她的眼光似乎很是独到，对一个问题的看法总是不同凡响，写作的角度也很特别，讽刺、自嘲、讥诮、顿悟、驳杂，在短短的文字中，旁征博引，跌宕起伏，给人以丰富的想象和阅读的快感；二是她的漫画像，戴一副眼镜，眼睛不服气地瞅着你，嘴巴噘着，头发也不顺从地飘向一边，寥寥几笔，把一个倔强俏皮的女孩子的形象活灵活现地勾画出来。从此，我记住了这个名字。

　　后来我惊奇地发现，这个小女子很不简单。她同时还在为《三联生活周刊》和《中国新闻周刊》撰稿，并且是《读者》和《意林》杂志的专栏作者，又是"腾讯·大家"的签约作者，所以对寇研的好奇又增加了几分。但却无从知道她是何方人氏、在哪里工作。

　　记不清是在去年还是前年过年回西安，在马治权那里，因为我们有一个共同的朋友叫寇恒，大概说起寇恒让马治权产生了联想，他突然冒出一句：有人给他送过一本寇研的书。我听了惊奇地问：寇研是陕西人？寇研在西安？马治权好像肯定地说是。

但下来就被什么事岔了过去。我一度非常纳闷，西安写作的人大家大概都知道，这个寇研怎么从来不见人提起？按道理在那么有名的报刊上写稿，西安人不会没反应。今年回西安，朋友要聚会，我以为马治权与寇研相识，就说叫上寇研吧，认识一下。谁知他也并不认识寇研，说让我问问张梦婕。张梦婕是个女作家，曾在《三秦都市报》当过记者，见多识广。我便问她，结果她也闻所未闻。后来我想到一个人，就是西安著名的文化人、藏书家兼收藏家、文川书坊主人崔文川先生，他眼观六路耳听八方，与众多陕西甚至全国文化人都有交往。这一问，果然，他认识寇研。是上次朱晓剑来西安带她到他的工作室见过一次。我正好也要到他那里去，就让他约一下寇研，一起在他的工作室见个面。因为是春节过后，他说寇研不知从四川回来没有，他约一下。但他又说，寇研一般不出来见人。果然，寇研倒是在西安，

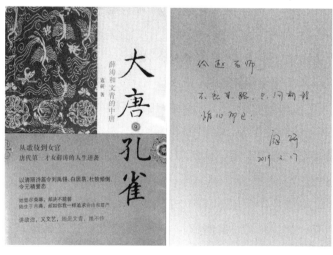

左图：《大唐孔雀》书影
右图：《大唐孔雀》衬页作者题字

但不肯赴会。于是文川把寇研的微信名片发给了我，意思是，你自己跟她联系吧！

于是和寇研加了微信，果然，她还是不太愿意出门。微信上聊了几次后，话语有点活泛了。这时，突然一个人要加我微信，自我介绍说是"搅团"群里的肖遥，肖遥这个名字有点熟，而且是"搅团"群（我们一个比较要好的朋友的小群）里的人，虽然未曾谋面，但一定是别的朋友拉进群里的，那肯定也是不差的，于是通过。肖遥给我说，她和马老师是好朋友，而且刘炜评是她的大学老师。我才知道肖遥西北大学毕业。然后她说："听说您在西安？"我说："是。"她说："寇研给我说的。"我很惊讶，问她："认识寇研？"她回答说："好朋友！"我想起有人送马治权寇研书的事，就问："你送给马治权寇研的书吗？"肖遥说："没有。知道她不喜欢，就没有必要送了，文字路数不一样。"然后又问我是不是经常去崔文川那里，回来见马老师了吗，刘炜评老师也熟吗，您在西安还要待多久等等。然后她告诉我，她和寇研都是写文章的自由撰稿人，她们俩一起写东西十年了，就是写稿，卖稿，什么难写写什么，哪里难卖往哪卖，所有的劲都用来写了。而且都是精神上的个体户，不认识圈中任何人。我说："你不是还认识崔文川、马治权吗？"她说："只是单纯喜欢两位兄长，没有文字意义上的交流合作。"我这才想起，我常在《深圳商报》的"万象"周刊看到肖遥有的文章，名字后面标注着"（西安）"，当时心里还嘀咕：没听说过西安还有一个写东西的肖遥啊，可能是谁的笔名吧！没想到这是真名，还是个女孩。后来才知道，肖遥也是《三联生活周刊》的撰稿人。我问肖遥是否陕西人，她说是，家就在西安甜水井，她爷爷是杨虎城将军的管家。我由衷赞叹说："我们家乡出才女啊！"这时肖遥说，她现在在永宁门这里值班，下午太阳好,要么请我到德福巷喝茶?并且她叫一下寇研,看她能来不。因为我前边和寇研联系过,就告诉她寇研说这几天休息不好,不知她状态如何? 肖遥说:"她天天都是这个样子,专业写书,神经衰弱,用生命在写。"又说,"反正我叫十次,来一次,不来也无所谓,我们都习惯放彼此的鸽子了。"又开玩笑地说:"说不定听说有您在,她老人家挣扎着病体过来也有可能哈。"结果寇研答应来,我便顺路兜了一下她,车到边家村定位的地方,路边站着一个戴着眼镜瘦小的女孩,一问果然是寇研。之后我们来到德福巷的时光咖啡馆,肖遥已经在那里等候,原来这是她们经常聚首和晒太阳的地方。我们海阔天空地聊了一阵,喝茶,吃简餐。交谈中,我才得知寇研是四川广元人,大学毕业有过一段不长的工作经历和婚姻生活,后来就抽身出来,专事写作。前些年考上西北大学哲学研究生,来到西安,就因为听不懂老师讲课的陕西话(但我觉得实际上可能是对这个课业不感兴趣吧),居然辍学,就近租了一间公寓专心写作。靠卖文为生,这在今天这个社会,非常不易,可见她对自己才气和能力的信心。她说,在写了十年随笔后,她突然有点厌倦,于是开始写人物传记和小说。已经由北京大学出版社出版了薛涛的传记,现在正在写上官婉儿,书名是《上官婉儿和她的大唐:烟霞问讯,风月相知》,传记之余,她意犹未尽,于是又同时写一部关于上官婉儿的小说,作为传记的副产品。传记快要杀青,小说正在进行。下一个目标想写柳如是。我问为什么只写才女,她说了一通,大概也是借古人之酒杯,浇自己之块垒,在古人的身上,倾注自己的情愫。她告诉我,她生活很简单,几乎零社交,除了中午会到附近的校园晒一会儿太阳,余下的时间就是读书和写作,每天读三小时书,写四千字。我发现,寇研虽然思接千载,神游八荒,视通万里,笔下千军万马,纵横捭阖,但除了有点任性,有点桀骜不驯,总体却还不失一个单纯的人。

那天,我请寇研在她的书上题词签名,寇研在《大唐孔雀——薛涛和文青的中唐》扉页写道:"给赵老师:不恋来路,只问前程,惟心而已。寇研,二〇一九年三月十七日。"在《思奔:在历史与八卦之间》上写道:"老骥伏枥,贼心不死。"她说这是她研究柳如是和钱谦益时,对钱谦益的看法,当然这个"贼心不死"是超越两性的,指的大概是钱谦益犹有反清复明之意。而在《她的国》上,写下的却是:"请多关照。"令人啼笑皆非。

眼前这个瘦小的八〇后女子,却有着她写作的勃勃野心。她心思敏感细腻,洞悉事物的内涵和本质,即使别人写过千遍的东西,在她笔下,仍然能出奇制胜,不同俗流,让人耳目一新。她的文字"弥漫着强烈的意象、浓艳的气息,以及密集的想象",语言冷峻而明丽,机敏而富于灵性,创造力之丰赡让人惊叹,具有鲜明的个性。她必有大成,可以说是确定无疑的。

寇研深居简出,不与人交往,即使文化界的大腕,她似乎也没多大兴趣认识。我说她清高,她不承认,却说自己只是孤僻。后来我曾问过很多陕西文化界的朋友,你们知道寇研吗?他们都摇头。我不禁笑了起来:这个居住于西安城多年的才女,仅在"腾讯·大家"上的专栏文章阅读点击量就超过一千万次,却不为本地人所知,好似大隐隐于市,看来她不属于陕西,也不属于西安,她是属于全国的。

二〇一九年五月一日

诗画双璧，美不胜收

——李松璋兄签赠《在时间深处相遇》

　　李松璋是著名作家，散文诗屡获全国大奖，他还写小说，写电影剧本，他同时又是书法家、画家和出版设计家，他的书法朴拙丰茂，画作抽象另类，而经他之手出版的书籍，总是别致新颖，典雅大方。作为很好的朋友，每有他自己的新书或者他设计的书籍出版，他都会给我一本。像他的散文诗集《愤怒的蝴蝶》《羽毛飞过青铜》，他和齐乙霁合著的短篇小说集《对影记》，他编撰的《珍藏伟大的面孔》等等，都送我一本阅读。在《对影记》上，他题下："请倚平兄指正，今得倚平兄赠书《五味字》一册，祝贺新作问世，并回赠拙作，特记之。松璋，二〇一六年九月十九日。"《珍藏伟大的面孔》是他悉心编辑的一本人类精英的肖像集，人数竟达二百零二人之多，非常难得。他在书上称这是"一次超越时空的人类精英聚会"，对收入书里的每个人，他都写了简短的文字予以介绍。在他给我这本书的时候，我还没想签名的事，直至若干年后，一次在杨争光梧桐山的工作室聚会，我才想到把这本书带去请他签名。松璋在书上题道："向倚平兄致敬，再一次向书中的人们致敬，向岁月致敬。谢谢倚平兄保存此书，二〇一七年十二月四日，松璋补记于梧桐山"。

　　最近，李松璋和王焕堤合著的新书《在时间深处相遇》出版，他照例又题款签名送我一本。拿到书不禁一阵欣喜:好漂亮的书啊!——当然,这又是松璋自己设计的书!

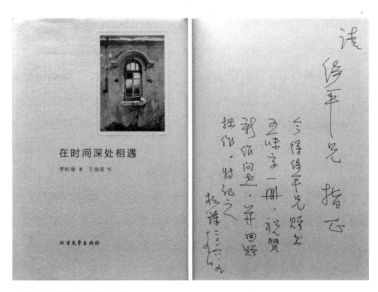

左图:《在时间深处相遇》书影

右图:《对影记》衬页作者题字

　　确实,这是一本很用心、很讲究的书。三十二开,精装,不论封面,环衬,还是内页,不论用纸、设计、排版,还是细枝末节的处理,都颇具匠心。拿到手里,感到很是雅致舒服。不要小看这种似乎很表象的感觉,就我的阅读经验,有的书,好像天然具有亲和力,看到就喜欢。而有的书,看到就别扭,心里就抵制。有时候,书和人,就像人和人一样,有一种缘分。按道理,看书主要是看内容,设计如何似乎无关宏旨,总不会影响内容的好坏,但我却仍固执地先"以貌取人"。当然,书的内容,是我更看重的另一个方面。如果徒有其表,我亦会遗憾地不把它纳入我的书架。

　　然而松璋这本书,却不单单是"金玉其外",它有很多值得称道的亮点。首先这本书的形成,就有点传奇色彩。这是一本散文诗配画。具体来说是先有画,才有诗。而诗、画作者,又都是高人。画家王焕堤先生,是职业水彩画家,国家一级美术师。他十数年以"哈尔滨老道外"为主题,秉一支画笔,关注和记录这座城市的变迁,创作了数百幅水彩作品。诗人李松璋虽也是哈尔滨人,但南来深圳已久,两人合作的书虽已出版,但至今却未曾谋面。他们是通过共同的熟人——也是他们曾经的老领导赵景森先生介绍得以相知。大概是五六年前,赵先生来广东探亲时,特地告诉李松璋家乡有这样一个画家,他笔下的雪是温暖的。后来,李松璋看到了画家笔下那熟悉的故乡,并被倾注了画家感情的一幅幅色彩斑斓的画所感动,就决定按照赵先生的嘱托,为这些画写点什么。于是,一首首构思新颖、意向奇特、饱含情感的诗便诞生了。这本书以春夏秋冬为顺序,共收入画作一百零三幅,而诗则为一百零七首(四季都有一个诗序),因为是反映一个城市,而以季节为序来组书,就显得那么的恰当自然。也许是因为哈尔滨是冰城,所以冬日的景象就更多一些,占了快到一半的分量。而在页码上又以不同的颜色予以区别,这就是设计的细微精致之处。画家的画作幅幅精美,蕴含很多信息量,让人流连注目,真给人回到时间深处的感觉。而作家的诗,这里要多说一些:李松璋是中国当代诗坛的一个实力派诗人,他的散文诗以风格鲜明、视觉独特、语言凝练、文字富有质感而为人称道。我们不妨从书中撷取一些诗句来欣赏。请看意象:"精灵们在花瓣上舞蹈。五月的丁香。""宿醉初醒的翠绿,沙哑着嗓音问风:这

书香手泽暖

是什么时候？而风不语，只是轻柔地用手指捻开它们头上和肢体上正急于展开的叶片。这个季节的词典上，只有一个字：生。"

"时光恍然成为一位臆想症患者，以壁虎之姿沿苍老的墙壁游走。"他形容绿色为"阴凉而悦目的火！"他说"思想的篝火瘦成一根火柴"，比喻冰坠滴水是"他暗夜里磨削的短剑和利器，在正午的屋檐下，泪水婆娑。"他的诗中，不时有隽永的佳句，闪现着哲理的光芒："黑暗同梦的较量，总是被鸟的叫声喊停。""貌似非常洁净呵。骗子们随意描述的理想之路大概就是这个样子：不见一丝尘埃和泥土。""季节转换，王朝更替，有时，就像你翻开脆薄的书页。""一只向你挥动的手臂，瞬间将前路照亮。"而对现实的关注和叩问，也是李松璋诗的一大特点，这是诗人思想的触觉。他对道德沦丧的讽刺："算计收成和欲望的人们，偶一抬头，看见雁阵南飞，将我们早已写不工整的'人'字一丝不苟地写在天上。"他对强拆的愤慨："小巷无人，门窗紧闭。城市记忆，即将被开发者可耻的欲望疯狂占据。"也有对阴霾的无奈：它"还会卷土重来"，"我们无辜的肺，早已罹难！"

这本书氤氲着生活的味道。我们看画、读诗，常有会意之处，扣响我们的心弦。

二〇一八年二月

与电影一起私奔

——王樽兄的赠书

　　翻检王樽兄数年赠我的书,竟然已有六七本之多,而大部分是他的电影随笔集。这些书是《与电影一起私奔》《带电的肉体》《谁在黑暗中呻吟——王樽的电影茶道》《色香味——影像中的水果》《人间烟火》和《光影之城:电影中的深圳》。每本书上他都工整地题赠签名,尤其在《人间烟火》的扉页,他题了"坐上一樽虽得满,古来四事巧相违——苏轼句,五味子兄存正,王樽,甲午春月"。其实他还有一本《厄夜之花——50部不能看的电影》,他没给过我,我也没有见过。

　　与王樽认识并成为好友大概已有四分之一世纪,记得初见他是在一九九四年左右,那是郑建平兄担纲筹办深圳市一个全国展览会的展出,王樽正好在筹展办工作。而建平兄也邀我一起工作,但我因为已入职一个企业,虽然心里很想加入,但已经没有可能。于是建平兄给我派了一点外围的文案方面的事情,正好有一些与王樽对接,那时他的名字还叫王惠生。这样一来二去就熟悉起来,王樽似乎很欣赏我写的字,曾经当面夸赞过,因为这种惺惺相惜,我对王樽亦有好感。后来才知道,王樽生于河北保定,十八岁就参军当海军,闯过海南(算与我同有海南经历),甚至做过商店销售员,后又作报刊的编辑、主编。记得筹展办的工作结束后,他又编过一份《深圳周末文艺》的报纸,发过我一篇写鲁迅的文章。后来,王樽去了《深圳特区报》,在报社当记者。在我看来,王樽真是幸运儿,他爱看电影,在业务上正好负责电影这条线。爱好就是工作,工作就是爱好,爱好和工作是一体的,现实中,有几人能够做到?每有新片在院线上映前,往往有一场媒体看片,先睹为快,然后写报道或影评。他有时会通知我,我也会蹭着看一场,因看电影也是我的爱好。因为工作的关系,他可以去采访一线的导演、演员,或去正在拍摄的片场探班,他还有很多次出国参加奥斯卡等国际电影节的机会。这样,王樽在电影上的见识就广了起来。另外一个很重要的方面,是他有一个铁哥们影迷崔建明,他对世界电影也是非常熟悉,谈起来如数家珍,他家里藏碟据说有五万张,比国家电影档案库的还多,号称"深圳碟王"。在影碟出现以后,崔建明会不断地给王樽推荐和提供新碟,大谈自己的观影体会。王樽也会自己去淘碟,当年在华强北卖碟的小店里,我们就碰到过很多次。在广泛的观看之中,王樽欣赏的境界和评判的眼光也在不断提升。

我当初知道王樽写诗,后来听建明说他还写过小说,但"藏得紧,外人不得而知",至今没见过。但他的散文随笔我早就拜读过,在我主持的内刊上,也发过他的文章。他的文章属于那种娓娓道来、徐徐展开、不温不火的风格,蕴藏在字里行间的,是从容优雅的述说,散发着浓郁的文化味道。他的电影随笔,也是这样写的,且写了很多。目前在电影评论界,他也是大腕级的人物了,因了他的这些著述。但他的电影随笔,与一般的影评非常不同,一般的影评是,新片上映后,简要地复述剧情,评介导演和演员在影片中的表现,评判优劣得失并兼及故事、镜头、色彩等等。但王樽不是这个路数。记得他的第一本书出来后,资深影评人

左图:《与电影一起私奔》书影
右图:《与电影一起私奔》衬页作者题字

　　梁二平兄说他从事新闻工作后,一直也写影评,看完电影,心中
有话,一吐为快。他当时所写的大概就是我说的上面那种文字。
但看了王樽的这种另类的电影随笔之后,对他刺激很大,认为这
是电影随笔对影评的打击,因为王樽从电影里看到了更多的东
西,也写出了更多电影以外的东西。

　　那么,王樽的电影随笔到底是怎么样的呢,应当说,他书中
的所有文章都或多或少与电影有着某种联系,可以读出电影的
经验,但却绝不是一般的传统影评,不是泛泛的电影介绍,也不
是理性的电影专业研究。他是由电影引发的生活感悟,是一个
高级影迷书写的极具感性的观影备忘录,其中有对影人影事的
窃窃私语和即兴评说,更有超乎电影之外的丰富联想和独到的
心得。王樽的文章总是从影像出发,并由此扩展开来,融会自己
的学识和经历,把对生活的观察和感悟,通过深入的思考和细腻

的文笔,表现出来,最终他的随笔突破了银幕的界限,丰富和延伸了影片的内涵和外延,展现了更为广阔的生活画面、更为深邃的意境和思想,让你在电影之外得到另一重收获。像《带电的肉体》,作者从身体出发,通过对人体的深入观察和描绘,解析了面孔、眼睛、嘴唇、乳房、臀部、大腿、脚等身体的不同部位在不同电影中的丰富寓意。作者将身体的影像与艺术、民俗、文学以及个人经历巧妙融汇,以敏锐的观察和细腻的文笔,将身体的寻常和不寻常之处解析得意蕴深厚、诗意盎然。既有"带电"肉体的主观体悟,又有电影"活色生香"的缤纷展示。又如《色香味——影像中的水果》,同样,书中的文章都与电影和水果相关联,是作者从水果影像出发,对生活的深入观察和感悟。作者将影像、文学与人生巧妙融会,以敏锐的观察、深刻的思考和细致的文笔,将寻常的水果解析得多姿多彩。

　　王樽经历丰富,观影极多,加上博览群书——他的阅读量非常大,都为他的这种文字奠定了坚实的基础。总之,王樽的电影随笔游刃于缤纷影像内外,纵横于诗情哲理之间,角度新颖,个性独特,标新立异,出奇制胜,洋洋洒洒如山间溪水蜿蜒流出,让人兴味盎然。从各位名家写的推荐语来看,他的文字也得到了莫言、苏叔阳、韩少功、杨争光、孔见、杨锦麟、贾樟柯、侯孝贤和西班牙电影大师卡洛斯·绍拉的激赏。

二〇二一年二月十九日

以《海上心情》窥《辇下风光》，等待《山中岁月》
——崔建明兄的赠书

崔建明兄是一个奇人。说他是奇人，缘于他有奇举，有奇事。建明兄的奇事之一，就是他是江湖上盛传的"深圳碟王"，据说藏碟五万张，一些蕞尔小国的电影他都有，比中国电影档案馆的还全。奇事之二，就是他对世界电影的发展历史了如指掌，电影具有历史意义的几个转折点啦，具有标志性的事件和电影啦，哪些人具备电影大师的资格啦，其开拓意义表现在什么地方啦，他讲起来是头头是道。奇事之三，就是每次朋友聚会，他都拎着一包来路不明的影碟，当然是世界各国的最新电影，然后给你讲哪些国家最近拍了什么好片子，哪部电影虽然名声大却是垃圾烂片。之后把这些碟片分送在座的各位朋友，并重点介绍自己认为值得一看的片子，导演是谁，演员是谁，剧情怎样，看点是什么，如数家珍。且十几年一贯制（想想这要花多少钱啊）。奇事之四，是他无碟不知无碟不晓没有他不知道的影片。奇事之五，是他欣赏品味高慧眼独具，如果他评说今年哪部片子好，基本上跑不掉奥斯卡的奖项。奇事之六，是他旺盛的精力无人可比，他常常是连夜看碟第二天照样工作上班。奇事之七，是有一年说有了电子书，他便向大家宣布要告别纸质书，然后某一天给好友王樽打电话说我给你送点书来，结果拉去一汽车，堆满了王樽家的客厅。奇事之八,是看到杨争光写毛笔字,他就给杨争光弄来一麻袋湖笔,说你写吧写吧你就是当代的王羲之。奇事之九,是他的神侃,讲起一件事来,快言快语眉飞色舞声情并茂口若悬河像打机关枪一样,常常让你目瞪口呆没有插话的余地,他善于危言耸听但却说得活灵活现,让你觉得玄乎但仍半信半疑。记得二十世纪末某年,有一次我在湖北宾馆二楼的一家东北饭店请黄啸、姚峥华和崔建明吃饭,黄啸、小姚也是影迷,那天她们从深圳戏院看完电影过来,这是他们三人第一次见面,当时建明好像也在报社上班,吃饭时建明的神聊让黄啸叹道这么好玩的人以前怎么不知道。之后好像建明又滔滔不绝地讲了一件似乎是社会上很可怕的什么事情,以至吃完饭出门时这两位女同志还紧张地东张西望说这会儿出去到底安全不安全。奇事之十,是他的蟑螂"思想"和来不及"理论"。这是他一度挂着嘴边的口头禅,对他看不上的人和事,他大加挞伐,说都是蟑螂,并坦诚自己也是肮脏恶心的蟑螂。而对于人生,对于某些事情,他常常说:兄弟,来不及了!他甚至还用"来不及了"作笔名在《深圳商报》的"文化广场"发表文章,谈的自然是电影。所写是二十世纪四十年代成功拍摄著名电影《小城春秋》的费穆先生,竟然惹得费穆在香港的女儿费明仪打电话到深圳市委宣传部,希望通过他们找到"来不及了"先生,因为费小姐认为这是半个世纪以来写他父亲写得最成功到位的一篇文章。他的"蟑螂"论竟然激起了杨争光的诗兴,为他写了一首精彩的长诗《我的蟑螂兄弟》,诗的结尾说:"就这么他成了/这样的一只蟑螂/就这么他是/我这样的兄弟/颠三倒四/云里雾里/给我惊喜/让我惊异"。建明兄当然还有很多奇事,比如姜威在生命最后的日子里,他给姜威买了影碟机安装在病房,让姜威在最后能看点电影,姜威走后他每年清明都要给姜威上坟等等，不一而足。

　　我与建明，是经王樽介绍，很早就认识了的。一九九七年，我第一本书《漂泊心绪》出版，他还热情地为我写了一篇书评。一年后他的散文集《海上心情》由花城出版社出版，也送了一本给我。这本书里的文字，基本上都是他在海口所写，孔见为他作序。孔见在序中提及的一件事，也可作为建明当年的一件奇事：因为要跑业务，他在海口买了一辆崭新的自行车，为防被偷，他用铁棒敲掉车身的原漆，然后喷上红色的油漆，使它看起来像一辆捡来的车子。最初几年，他就骑着这辆车穿行于海口的大街小巷。其实我也在海南工作过，与他在海南有重叠的时间，但当时却无缘相识。他在海口由记者做到《海南开发报》的社长兼常务副总编辑，写了诗歌、小说、散文、评论、电影剧本、报告文学等等。这部《海上心情》七十多篇文章，就是从他公开发表的三十余万字的随笔中挑选出来的。我看了书的勒口上的照片，建明带着一副太阳镜，还是很青涩的样子。看他书里的一些文章，也和我跟他一前一后所出的那本《漂泊心绪》里的感触差不多，都留下那个时代的一些印迹。因为集子中都是他在北纬三十度那个海岛上的文字，书名《海上心情》，也真是恰如其分的。

　　宋代爱国词人刘辰翁有一阕《柳梢青·春感》，写的是元军占领临安的第一个元宵节，词曰："铁马蒙毡，银花洒泪，春入愁城。笛里番腔，街头戏鼓，不是歌声。那堪独坐青灯。想故国、高台月明。辇下风光，山中岁月，海上心情。"记得当时王樽说，建明兄的下一部书的名字就是《山中岁月》，再下一部就叫《辇下风光》，三部曲。十二年后，他果然又送我一本书，不过不是《山中岁月》，而叫《辇下风光——湖州的书事》，薄薄的一册，由杨争光题写书名。这本书是他有感于家乡湖州这个江南刻书和藏书

左图:《辇下风光》书影
右图:《辇下风光》扉页作者题字

重镇,有着天下闻名的藏书楼皕宋楼、嘉业堂等,而皕宋楼还在他家对面,但有些藏书楼已经在旧城改造中被无情拆毁,藏书楼的书也四散无存,所以,他就用委婉的文字记下了家乡的书事——书人、书史、书祸、书情。建明后来虽然下海经商,不再操弄笔墨,但提起笔来,文字还是很有力度很有激情的,一如他的说话。今年元旦孔见兄来深圳,大家聚在一起,他们又说起当年往事,孔见还记得建明当年在海南穿的一条红短裤,说他经常看见一条红色的短裤在昏暗的楼道里晃动,像火苗一样——这是孔见给他那本书序中的话。于是又提到他的书还缺《山中岁月》,建明当时哼哼哈哈地表示还要写,那么,我们就期待他的这第三部吧。

二○二一年二月

四十年深圳奔来眼底

——姜维勇先生签赠《视野——深圳四十年掠影》

庚子春，收到姜维勇先生签赠的大著《视野——深圳四十年掠影》，颇让我惊喜。淡红色的封面，大十六开，十万余字，二百六十多页，拿到手上，有厚重的感觉。

第一眼在福田图书馆"一间书房"文化学者郝纪柳先生那里看到姜维勇，觉得他是一个年轻的后生。他在西北长大，与我自然有了亲近的感觉。宁夏大学毕业后，他就来到深圳，转眼也已经二十五六年了。算了一下，也不比我晚来一两年，那么，他也应该过了不惑之年了。但第一眼的印象从何而来？那就是他确实看起来还是青春勃发的样子。

姜维勇来深圳后曾在市政府和媒体工作过，现任"深圳之窗"总编辑。这些工作经历使他有机会全面广泛而又深入地接触到深圳这座新兴城市的根系脉络、方方面面。在书的介绍中我们还看到他的学术身份——深圳大学城市文化研究所特约研究员、北大青鸟同文教育集团特聘专家等，作者这样的背景使我们对为什么会有这样一本书的出现释然心会。

总括一下，这本书有这样一些特点：全面、广博、深入，文字精练简洁，角度新颖多元，图文相得益彰。一册在手，深圳的历史与现实，民俗与潮流，往事与今时，都包揽无余。可以说是一

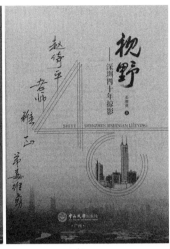

左图:《视野——深圳四十年掠影》书影
右图:《视野——深圳四十年掠影》扉页作者题字

本了解深圳的不错的最新读本。

之所以这样说,让我们翻开书的内容。全书共分为四个大的章节,分别是"往昔,今朝""此岸,彼岸""冲突,融合""梦想,现实"。从四个章节所涵盖的范围,可见此书的广博宏阔。再看每个章节里,又包含三个小节。分别是"历史·现实""民俗·潮流""青春·活力""观念·行动""传承·出新""故乡·此乡""精神·物质""借鉴·突破""坚守·浪漫""先觉·先驱""城事·人事""跨界·超越",就更繁复、深入了。我数了一下,在这些章节之下,全书文章竟达一百三十五篇之多。这几乎是对深圳一个全方位的个人解读,因为了然于胸,所以得心应手,简练质朴。作者在这些文章中纵横各界,述古论今,既有历史的大场景,也有动人的小故事;既有万人瞩目的大人物,也有寻常普通的劳动者;既有消逝在发展河流中的过往,又有崭露头角的新兴的物事。其多层面、多角度、深入细致，亦非同寻常。读之，老深圳一定会被触动，抚书掩卷，思绪回到昔日的岁月之中；新一代则会了解到深圳历史和社会发展的不同断面。作者就像一个自觉要见证历史的摄影师，抓住深圳古往今来的许多闪光点，或者说捕捉到能够从某个侧影反映深圳历史进程的瞬间，按下了快门。读此书恰如翻开一部影集，看到的是角度不断转变、镜头长短切换的一幅幅画面：或全景，或特写，让你目不暇接，惊艳赞叹，流连忘返。其实，也难怪我有这样的感觉，书名本身就是《视野》，就是"深圳四十年掠影"，没错，名副其实！实际上，该书的每篇文字，都配有相应的图片，正是做到了图文并茂。

在写作上，姜维勇善于写短文，书中的文字，即使是宏大叙事的题材，他都能有自己的取舍，撮其精要，并不求全，以极短的同时又朴实通晓倾注了自己感情的文字概括地叙述出来。所以读他的文章，不足千字，已得主旨，轻松惬意。因为他深厚的古文功底，文章结尾，又常缀有文采斐然的诗句或联句点睛，使文章更其优雅。试看，在《没有深秋的"深秋"》一文后面，他写道："总见落霞铺满地，但闻秋水接长天。松涛云霭自兹去，泛舟高歌正欢颜。"在《春风又绿实验田》结尾，撰一联云："八方烟雨曾览胜，九州风物入胸怀。"此类文字，比比皆是。

深圳四十年的发展有太多可以记述的事件和细节，一本书不可能穷尽，愚以为，像写《清凉的小书店》，应该记一笔一九九五年八月开在蛇口后海的愚仁书社和深圳老图书馆门口的读者长廊；另外还有蔚为大观的深圳企业报刊现象等。当然，求全责备是不对的，有点遗珠之憾，在所难免，也不影响它成为一本从独特视觉解读深圳的好书。

二〇二〇年五月

一个女孩的心灵史
—— 杨婷女士签赠《聚沫物语》

　　和杨婷(蒙丫)认识是在很多年以前的一次征文活动中,那次我忝列评委而她是作者并获奖。那次对她细腻的情感和文字就有了印象,当然也包括她的美貌。交谈中,知道她竟然还是来自陕西,自然多了一分亲近。从她的气质言谈中我感觉,她是陕西那种大型国有企业的子弟,一问果然。但她并不是地道的陕西人,她的父母都是东北人,当年支援大西北来到陕西。但她却确实是在三秦大地上长大的,也算半个,或者就是陕西人吧!

　　几年后她做了网站编辑,而我恰又在该网站写些专栏,间或断断续续的来往,或电话,或短信,或微信,或见面。知道她喜欢写作,不时问问最近写了什么,她说写小说,我说好。心想个知她的小说写得什么样子。让她发来看看,她始终没有给我看过。大概属于那种"阿婆还是初笄女,头未梳好不许看"吧!但也知道她写的东西在网上经常被采用,但她很淡泊,从不怎么投稿。二〇一八年时,她微信说这次她要出一本书,想让我写个序言,我想小说我真是不懂,不敢评论,但看到书稿,却不是小说而是一本散文随笔的集子。于是勉为其难地写了一个。

　　果然,她的书不久就由天津人民出版社出版了。她很用心,买下一位她喜欢的画的版权,来做封面。这本书里,她点化了纳兰性德《长相思》词里的句子，变成"山水一程赤子，聒碎乡心梦不成"，并作为她集子的脉络，读来竟然有些沧桑之感！而集子中的文字，也大致以此为基调。童年少年时代的往事、家庭的变故、失去父亲的哀痛和职场的经历、情感的历程以及眼见耳闻的爱情故事，在她的笔下，以疏淡的笔墨写出，读来却如咀嚼橄榄，缠绵悱恻，余味悠长。最值得称道的是她写少年时代的那些往事和父母亲情这些方面的文字，如《从武记》《故草萋萋》《那年那月那猫》《我童年的爱心大使》《最后一程》《我的父亲》《父母的邮包》等，多因亲历，发自内心，颇能打动人心——这是写散文随笔的根本，就是写自己真实的感情，不矫揉造作，不哗众取宠，无疑，她做到了。而她的文字又详略得当，文笔细腻、灵动、跳跃，当然也有沉痛和哀伤，情境的描写非常到位，寥寥几笔，当时的环境毕现于眼前，这大概是写小说的人来写散文随笔的长处吧！而感情的宣泄也适可而止，给人留下回味的空间。她写青年男女情感纠葛的文字，亦是不少，有些读来似乎就是小说，所以很是生动。人的情感的变化和无奈，热烈和激情，苟且和敷衍，在她的笔下，被赤裸裸的揭示出来，无情而直截了当。有些描写非常精彩。如说两个感情不和的夫妻在停电的夜晚："他和妻子在不到九点就无奈躺在被窝里，像要合葬在一起的人。无声无息。冷漠像黑暗一样蔓延。"有些语句非常精辟，堪称警句，如说男人发型："另一个极端就是大背头，油光水滑，或者烫发的男子，炫出其思想轻浮，审美低劣。"说爱情："爱情，总是像黑暗海面上的渔火，遥不可及而又让人奋不顾身。"书中还有一些对事物观察的感受和思想的片段，也很有可读之处，当然也有个别篇章有些晦涩，但也许只是不合我的口味而已。

　　这十多年里，作者"攒"了不少文字了，攒珠聚沫，就如同宋

书香手泽暖

左图：《聚沫物语》书影

右图：《聚沫物语》衬页作者题字

徽宗赞瓷器釉下那些晶莹剔透的细密气泡，色如聚沫，如露如电，一个个小故事，一个个小碎片……展现的是人性的光辉和岁月的柔和之美，所以她给书命名《聚沫物语》。大概是女性心思比较细腻，加之观察和描写的角度不同，叙述的方法不同，所以她的文字有她的独特之处，往往出奇制胜，给人以阅读的快感。她这本集子，从童年一直写到中年，都是心中的块垒，现在以文字的形式抒发，故我以她的心灵史为题。

二〇一九年十月十六日

抚书忆友人

——曹志前兄的赠书

　　在我的书架的一角，整整齐齐放着五本书，书中，还夹着一沓信件和几张明信片。这是我不愿触动的一桩心事，这些书，是曹志前兄生前的赠书。

　　曹志前是北京知青，"上山下乡"中从北京插队到陕北富县，劳动三年，被安排在陕西汽车制造厂（在岐山县）工作，他有文采，后在《陕西汽车》编辑部当记者。一九八七年，为适应改革开放对干部的需求，党校教育正规化，他考上陕西省委党校政治经济理论班学习。那时我刚刚从省委党校毕业留校在校刊室编辑校报，有一天，收到一篇投稿，稿纸上，是画得龙飞凤舞非常潦草的字体，但仔细看下去，文章却写得非常轻松有趣，角度新颖，文笔优美，是党校系统稿件中难得一见的好文章。于是我便记住了这个名字：曹志前。

　　因为在一个校园里，慢慢便有了来往。初见老曹，中等身材，较瘦，一口京腔，两道浓眉，络腮胡子，嗜烟，虽然不到四十岁，脸上却有许多皱纹，久经风霜的样子。但人却极诚恳，于是两个人渐渐有了友谊。西安仪表厂宣传部的部长李安钢是我的同学，他与老曹结识更早，原因是他们都是在办企业报，他一次跟我说起当年老曹与他们一起去湖南采风，回来写了一篇《郴州嚼槟榔》，如何有趣，如何出彩，我虽然未曾寓目，但我相信那是一定的！初开始，他是学员，我是教工，他是作者，我是编辑，后来就不再有这样的身份区别，成为朋友，再后来，因他年长，遂成为老兄。那时经济刚刚放开，我们都感到穷困，想怎么样赚一点钱。正好那时我们一批志同道合的同学朋友组织成立了陕西省政治经济研究会，旨在为改革呼吁助力，于是也有企业家加入进来，其中有一位街道企业的经理，把一个小小的纺织厂办得风生水起，效益远胜与其不远的号称"纺织城"的"国棉"很多大厂，交谈中得知经理沈忠友想宣传一下企业，我们也觉得他的经验值得推广，于是，我和曹志前合计，征得沈厂长同意，为他写一篇报道。这样，我们俩顶着烈日，骑着自行车，吃着西安当年马路上沿途飞舞的灰尘，从南郊跑到东郊，深入企业进行采访。回来由老曹执笔，写成一篇报告文学，发在《东方企业家》等杂志上。老曹是个"快枪手"，这篇文章没容我构思，他已成文。结果还署了两个人的名字，稿费一定要给我一半。这就是大哥的做派了！

这件事还在尾声阶段，他就毕业回厂了。之后我们基本上靠信件来往。情况变化很快，不久，北京知青返城潮流兴起，他太太先回了北京，他则带着小孩留在厂里。当然，时间不长，他们一家都又重新落户北京，他到《中国汽车报》当记者。而我于一九九二年离异，一九九三年南下海口、深圳。我们更是天各一方。一九九〇年暑期，我到北京学习，正好朋友寇恒也去北京，我们凑在一起，在老曹当时还很局促的家里吃了一顿便饭，他的太太给我们买来了狗不理包子。之后，老曹有过一次到深圳出差，因为他是公差，有人接待，我竟然没能请他吃一顿饭，而他，却还买了一件衬衣送给我，这又是大哥的做派！

老曹回到北京这段时间，如鱼得水，写作事业如日中天。两

《都市刀客》书影

三年间,他陆续出版了长篇纪实文学《少女的弱点》《特区单身汉》《风流大都市》《走下"圣坛"去下海》等。纪实文学《快乐的吉他手》《中学生打工族》分别获《羊城晚报》二、三等奖。他的写作,能够抓住社会的热点,而他又关注人性和人的生存状况,所以颇能打动读者。即使今天再来翻看他的这些东西,那个时代已经成为历史过往的片段又鲜活了起来。曹志前由此名声大噪,他写信给我说,约稿信在桌上放了一沓子,写不过来。而且经常发现有的文章剽窃了他的作品。更是在一九九二年春节前夕,我收到志前兄寄来的壬申年的明信片,那时候中国邮政正在发行贺年有奖明信片,志前兄在明信片上写道:"愿这张贺年卡给你带来好运! 我诚挚的祝福会使你中个头奖!"然后又写道:"长影导演昨天来京,特请我到长影去最后定稿(二稿),一稿已顺利通过。他们出路费,管食宿。我已跟单位请了十天假,随他去长影。此行将会广泛接触电影界专家,为日后的发展创造条件。但剧本虽定稿,仍有许多关卡,因此许多作家不敢'触电',怕白费了心血。这部电影我已成功了一半,以后怎样,该听从长官意志了,下面介入的该是行政官员的意见了。志前,十二月十九日。"我不记得他说的是哪一个剧本,但"触电"这事好像后来没有成功。一九九四年,他加入中国作协。是年,他们又策划了一个被新闻媒体列为一九九四年中国重大文化新闻之一的行动,这就是北京十记者向社会公开出售社会纪实书稿的活动。九个月后,中国文联出版社便隆重推出了这套《北京十记者社会纪实丛书》,而曹志前二十多万字的《都市刀客》就是其中的第一部。不幸的是,这本书出版半年多后,曹志前突感身体不适,即刻住进医院,被检查出竟然是肺癌晚期,医生断言只剩一年的存活期。这是大家包括他自己无论如何也不能相信的! 他年龄刚过四十六岁,是一个永远精力充沛的人,每天晚上,九点开始写

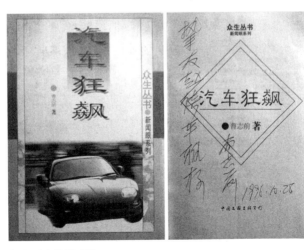

左图:《汽车狂飙》书影
右图:《汽车狂飙》扉页作者题字

作,到十二点左右,往往就是七八千字,有时甚至一万多字,一挥而就。在创作力正当旺盛的壮年,却罹患恶疾,是多么残酷的事情!过了两个月,志前兄写信把这一噩讯告诉了我,让我大惊失色,不能自已。我远在深圳,不能看望,心急如焚,只好寄了一点钱去让他买点营养品,后来还给他求医问药。他生病后,我们还有过十次通信,我很惊异于他对自己病情的冷静,他在信中说:"本不想把我得病的消息告诉你们,因为不是喜事,自己承担这份痛苦为好。但又考虑到这种病发展很快且危险,你我多年老友,我若不跟你打声招呼,不有个生离死别,你会怪我。所以我便通知了亲近的朋友。"在你来我往的信中,他给我讲述病痛的折磨,回忆我们过去的友情,感慨人生,在自己朝不保夕的情况下,还一再关心我的个人问题,仍然是大哥的范儿!

居然在这种情况下,他又在病床上一边打着点滴,一边开始了长篇纪实作品《汽车狂飙》的写作。因为他还担任着中国文联出版社"众生丛书·新闻眼系列"的主编,而这部《汽车狂飙》正是这个系列丛书之一。就这样,他忍着病痛,竟然用三个月时间,完成了这部二十多万字的作品。注意,那时还没有电脑,是他一个字一个字写出来的。

后来,志前兄的病越来越严重,在医院和家里不断地换着住。去世前两个月,他寄来《汽车狂飙》,题签:"挚友赵倚平雅存。曹志前,一九九六年十月十八日。"四天后,他又寄信一封,字已经不像以前那样的流畅了,看起来是很吃力写成的,他在信中告诉我,他心力交瘁,右臂已经抬不起来了,连拿笔的力气也没有了,写东西不行了!并嘱我看看这本书的序和后记——他在后记中,说了他的病,说了写这本书的过程,对包括我在内的许多朋友一一表示了感谢,虽然字里行间还隐含着对人生的希

书香手泽暖

望,但他的感谢明显有与朋友诀别的意味。他在信中多次表示对我的想念和对再见的期盼,可是我当时因工作忙,而且想春节已经不远,待春节放假去北京看望他,所以就没有及时去看他。如今当我小心翼翼地展开这些二十年前的信,我的内心后悔得无法言说!我的心痛也无法言表!我当年应该推开一切事务,去和曹兄见一面的啊!

　　进入一九九七年的第一天,我得到的消息竟然是志前兄突然离世。我记得那天的深圳阳光灿烂,人们正在欢度元旦假期,但对我来说这一天却是天昏地暗,悲痛无比!我奉上一点微薄的心意,并给何树荣嫂子发去唁电,云:"天何不公,竟夺吾兄!春节相见,顿成泡影!阴阳永隔,我实哀痛!望嫂节哀,送兄慢行!"志前兄生前关心我的一本散文杂文集的出版,一再说让我抓紧,不要让他看不到。但这本书出的很不顺畅,他终于还是没能看到。三年后,当我再次到北京,辗转找到中国汽车报社,问到嫂子的电话,告诉她我想去老曹的墓前祭拜一下,把我的书烧给他看,才知道老曹的骨灰已经撒在了大地之上。呜呼!病重时未能见最后一面,走时未能送最后一程,如今祭拜也无从祭拜,真是让我怅然若失,无枝可依!我只好在书上写下:"曹志前兄惠览。"并找了地方,一把火烧得灰飞烟灭。

二〇一八年十一月二十一日

(原载《山湖石岩》二〇二〇秋季刊)

后　记

　　这本书里的文章,源于二〇一七年暑期请邵燕祥老师签书而发生的故事,若只是平直简单地签到书,也就可能不会触动我,反而是签书中发生了一些波折,邵老师认真得一丝不苟的态度和诚恳温煦的做法,加之他的一些题词,让我感动不已,就用笔记了下来。有了这个开头,遂有了把自己的一些签名的书写出来的想法,于是从二〇一八年下半年开始,集中来写。这两年杂事颇多,陆陆续续的写,待写到四十多篇时,发现已有十二万多字,比原来计划的超出很多,而且时间已经到了二〇一九年五月,就决定到此为止,有些想写该写而没写的,也还有一些温馨的人和书的故事,就等下一次了,如果还要再写的话。而实际上,到二〇二〇年底和今年初,还是又写了一些。让人痛心的是,在我写时还健在的一些老先生,如邵燕祥、李锐、流沙河,都在近两年纷纷辞世,他们再也看不到我对他们感念的心情了。那么就让这些文章留作一份温暖的纪念吧!

　　过去写作的习惯是写一篇,投一篇,不断发表。但这本书里的这些书话类的文章,却没有及时投稿,也不知往哪里投好。拣了几篇投出去,于今在《书屋》杂志、《藏书报》、《温州读书报》、《深圳商报》、《西安晚报》和几个内刊像《羊台山》、《华安》、《山湖石岩》上发了一些(《温州读书报》还发了几个头条),再就是冯传友兄约稿,删节登在《包商时报》的副刊上。

自忖是一个爱书的人。买书读书,组成了我生活的重要部分,亦给我精神上的慰藉,让我度过一些艰难的日子。尤其是作者亲笔签名或兼题词的书,在我觉得,就更其可亲且珍贵。比起单纯买来的书,它好像多了一层关系,笼罩了一抹光华,增加了一些温暖。读这些书,更有点像是和作者私下交谈的感觉。且有些赠书的人,已经作古,捧书在手,余温犹存,是活着的我,与逝者仅有的一点实物上的关联。个中的体会与滋味,因人不同,因书不同,都写在每一篇中了。

记得有句名言:送人玫瑰,手有余香。何况送的是宝贵的书籍,这是智慧的结晶,思考的硕果,文化的传承。书香应比玫瑰余香更为悠长。因此,我取书名:书香手泽暖。在此,我要深深地感谢南京大学教授、博士生导师兼中国阅读学研究会名誉会长徐雁先生在百忙之中为此书作序并推荐,更要感谢黄妙轩副总编辑的大力支持,使此书得以面世,感谢陈国庆编辑为此书花费的时间和心血。感谢我九十九岁的父亲赵熙若先生,把此书校样通看一遍,指出文字的错谬及修改意见。

是以为记。

赵倚平

二〇一九年五月一日夜记于五味斋西窗之下

二〇二二年七月十二日略改

图书在版编目(CIP)数据

书香手泽暖/赵倚平著——呼和浩特:内蒙古教育出版社,2022.11

(纸阅读文库.原创随笔系列.第六辑)

ISBN 978－7－5569－2195－9

Ⅰ.①书… Ⅱ.①赵… Ⅲ.①随笔—作品集—中国—当代 Ⅳ.①I267.1

中国版本图书馆 CIP 数据核字(2022)第 216214 号

SHUXIANG SHOUZE NUAN

书 名	书香手泽暖
著 者	赵倚平
责任编辑	陈国庆
装帧设计	长城外书草
制 作	内蒙古达尔恒教育出版发展有限责任公司
责任印制	邸力敏
出版发行	内蒙古教育出版社
社 址	呼和浩特市新城区新华东街 89 号教育出版大厦(010010)
邮 箱	E-mail:xxzx@im-eph.com.cn
印 装	内蒙古爱信达教育印务有限责任公司
开 本	965mm×1270mm 1/32
字 数	180 000
印 张	8
版 次	2022 年 11 月第 1 版
印 次	2023 年 7 月第 2 次
定 价	40.00 元